Le **rasoir** et le *lotus sauvage*

Un roman d'amour et de désir

Translated to French from the English version of
The Razor and the Wild Lotus

Biren Sasmal

Ukiyoto Publishing

Tous les droits d'édition mondiaux sont détenus par

Ukiyoto Publishing

Publié en 2024

Contenu Copyright © Biren Sasmal

ISBN 9789364949828

Tous droits réservés.

Aucune partie de cette publication ne peut être reproduite, transmise ou stockée dans un système de recherche documentaire, sous quelque forme que ce soit et par quelque moyen que ce soit, électronique, mécanique, photocopie, enregistrement ou autre, sans l'autorisation préalable de l'éditeur.

Les droits moraux de l'auteur ont été revendiqués.

Il s'agit d'une œuvre de fiction. Les noms, les personnages, les entreprises, les lieux, les événements, les sites et les incidents sont soit le fruit de l'imagination de l'auteur, soit utilisés de manière fictive. Toute ressemblance avec des personnes réelles, vivantes ou décédées, ou avec des événements réels est purement fortuite.

Ce livre est vendu à la condition qu'il ne soit pas prêté, revendu, loué ou diffusé de quelque manière que ce soit, à titre commercial ou autre, sans l'accord préalable de l'éditeur, sous une forme de reliure ou de couverture autre que celle dans laquelle il est publié.

www.ukiyoto.com

Dédié à la mémoire de la jeune fille que j'ai personnellement rencontrée.

Contenu

La première rencontre   4
La deuxième rencontre   7
Chitrangada / La troisième rencontre   10
Le prochain   11
La quatrième rencontre   25
Le séjour de minuit   30

C'était une ombre dans l'ombre

le noyau d'une mangue mûre

mots dans les mots, le tueur à gages

a caché la miette dans le crux, en direct

Ses parents se trouvaient dans un pays lointain

les maraudeurs étaient cachés, près de

le gal a vu leurs fourreaux sous les chemises

Les siens, elle s'empresse de les ranger dans sa taille et chut !

C'est à ce moment-là que l'on aperçoit l'arbre Amlaki (myrobalan)

secouant la tête de peur.

Qu'elle a vu un rasoir, suspendu en l'air.

Qu'elle appréhende un malheur.

Ce n'est pas l'hiver.

Pourtant, les arbres sont aussi choqués que de perdre leurs feuilles.

Le hibou philosophe pique du nez et dit : "Peut-être qu'ils versent des larmes aujourd'hui".

Les arbres se mettent soudain à pleurer.

La chouette leur demande,

"Pour qui pleures-tu ?"

"Nous pleurons pour une douce jeune fille. Notre oiseau préféré".

Le poète Koel intervient.

"C'est une jeune fille de dix-huit ans. Elle est Draupadi, une jeune fille, aussi douce que la mélodie des *mantras, des* hymnes, plus douce que les mangues mûres, les pommes d'amour, les palmiers et le noyau des fruits mûrs.

Il y a des chuchotements dans l'air.

Draupadi, disparue depuis des jours, a été retrouvée. Le bord de son saree (le drap indien) ébouriffé, la tresse de ses cheveux détachée, l'écrin fluide de sa chevelure éparpillé, sa clavicule ravagée, son bracelet défoncé, ses seins nus et brutalement griffés, ses yeux gonflés comme le croissant de lune, le deuxième jour du mois lunaire.

Certains disent : "Ce n'est pas Draupadi. Son visage défiguré ressemble à celui de Draupadi, mais elle n'en est pas sûre de manière irréfutable".

Peut-être s'agit-il d'une "autre" fille, amenée par d'"autres".

Cependant, le gibier d'eau déchire l'air avec une triste symphonie.

"Ke galo go", demande le corbeau.

(Qui était si désireux de renoncer au monde ?)

La terre répond :

"Chéri, elle n'a pas renoncé. Elle vit toujours ici.

Elle respire l'air. Elle gazouille en suivant le chant des oiseaux.

Le poète s'attelle à la composition d'une chanson...

"La fille lunaire que vous êtes

Vous êtes la lune

Pourquoi es-tu caché sous le voile ?

Pourquoi vous cachez-vous de

le cri intempestif de la terre ?

le matin chante le soir

Les passeurs, si bruyants, gémissent.

Vous êtes la fille de la lune

Pourquoi une mort que vous saluez ?"

C'est là que vivait Draupadi.

Dans l'ombre.

Dans les arbustes épais et la foule d'arbres géants.

Elle vivait dans une chaumière, couverte de manguiers, d'arjuniers et de margousiers.

C'est ici que Nirban, le galant, a rencontré Draupadi.

Nirban, étudiant en gestion à Kolkata, la capitale, était le favori de tous ses compatriotes ruraux. Pas fier mais aimable, il serait publié en se mêlant aux parallèles de son village mais en s'en démarquant. De retour chez lui pendant les vacances, il se promenait ici et là, profitant de la beauté du village, souriant, gloussant et riant comme un lion rugissant. Grand, bien proportionné, musclé, à la peau brunâtre, ses yeux et ses oreilles sont aussi vifs que ceux d'un lapin. Ses yeux trahissaient un regard de perdrix francolin. Ses amis le décrivent comme étant aussi rapide que l'autruche et aussi agile qu'un coq de combat.

Un après-midi, sous un soleil cramoisi, Nirban rencontra par hasard Draupadi et fut immédiatement chassé par Cupidon.

Il se souvient d'une chanson, Dil*hum hum kare* (Oh my heart burns with a desire). Son attention est attirée par les couples d'oiseaux sur les arbres qui s'ébattent avec des becs pleins de baisers. Soudain, il a regardé avec étonnement les bourdonnements d'amour du bourdon sur les lèvres des fleurs. La quête incessante du bulbul pour sa compagne. Le printemps est arrivé avec son luxe de couleurs. Le printemps de Nirban a été différent. Le vent porte des chuchotements. Il est porteur de beaucoup de désirs. Nirban, un jeune homme de 22 ans, est devenu fou en inhalant le doux parfum d'une jeune fille nommée Draupadi. Le cri des koels en mal d'amour s'est faufilé dans son cœur.

La première rencontre

Le "Kirtaniya" (chantre) du "*Harinaamsankirtan*" (performance musicale à la louange et à l'adoration du Seigneur Krishna, Dieu-Amour et Seigneur accepté de l'Univers dans la philosophie hindoue Vaishnavite) chantait de tout son cœur. Son amour pour Radhika ou Radha, la déesse tantrique de l'amour, est chanté et c'est ce qu'on appelle le "Sankirtan". Le 'Harinaam' battait son plein. Hari' est l'autre nom de Krishna (cérémonie avec des chants décrivant la beauté de Radha et sa dévotion au Seigneur Krishna, l'incarnation de l'amour) tandis que Nirban était spectateur. Par pure curiosité, il s'est joint aux auditeurs épris de bhakti. Le chanteur citait avec jubilation des "shlokas" (vers poétiques) de Jayadeva, le célèbre poète du "Geetgobindam" (chants à la gloire du Seigneur Gobinda ou Krishna) et s'employait à captiver ses spectateurs et ses auditeurs.

"bhabatikamalanetra nasika kshudrarandhra

Abiral kuchayugma charukeshi krishangi

Mridubachan sushila gitabadyanurakta

Safaltanu subesha padmini padmagandha..."

"Elle a des yeux de nénuphar, un nez fin

une paire de seins, proches et serrés

cheveux brillants, membres souples

voix mielleuse, nature docile

de la chanson et de la musique, elle est passionnée.

Voici la femme lotus

son corps est une harmonie

elle verse le parfum du lotus..."

Maintenant, le spectacle engendre Nirban. L'intoxication est en marche.

La mélodie et les danses proposées attirent immédiatement l'attention de Nirban. Il est assis avec ses amis, tranquillement, tandis que les auditeurs ravis sont assis, musicalement calmes. Le chantre poursuit en donnant des mots aux offrandes extatiques de Radha au Seigneur Krishna. Elle lui tresse une guirlande avec une grande attention. Le chanteur explique aux auditeurs comment Radha tisse cette guirlande pour son bien-aimé...

"Mes mères et mes sœurs, comment Radha porte-t-elle la guirlande ? Le poète décrit...

"Bhubane bhuban diya bane Chandra mishayia

Ritu tate karilo kshepan".

L'esprit de Radha ajoute quatorze mondes à quatorze, puis elle ajoute cinq "banas" à la Lune et enfin les six saisons.

"Mères et sœurs, qui peut résoudre l'énigme que le poète vous a présentée ?"

"Voyez, vous les 'bhakts' (dévots) du Seigneur Krishna, quel nectar lyrique le compositeur nous a laissé ! C'est un magnifique art des mots. Qui parmi vous est capable de percer le mystère des mots ?

L'indice :

"Combien de mondes y a-t-il, selon nos écritures ?"

Une fille a répondu : "quatorze".

"Bien. Alors, deux fois quatorze, ça fait vingt-huit, n'est-ce pas ?"

"Oui.

Combien de "banas" reconnaissons-nous ?

Cinq "banas", ou flèches dans notre "yudh" (guerre) Shastra.

"Excellent !

Si vous ajoutez cinq "banas", combien cela fait-il ?

"Trente-trois en tout.

"Bien. Si nous ajoutons la Lune, la seule et la plus chère ?"

"Trente-quatre.

"Ajouter six 'ritus' ou saisons".

"Il devient quarante".

"Quel est le problème avec l'esprit de Radha ? Qu'est-ce qui décrit qu'elle est absorbée ?"

Le silence.

Le visage de la jeune fille s'assombrit sous l'effet de la spéculation. Puis elle s'enflamme - "quarante voyants" - peut-être, peut-être - quarante voyants représentent un monticule, c'est tout ?

Oui, je l'ai obtenu.

"Qu'est-ce que tu as ?"

"Radha tisse la guirlande dans un seul esprit, avec une attention sans partage. N'est-ce pas ?"

"Bien sûr que vous avez raison ! Maa Janani, (respect à la mère) tu es une fille bénie. Vous êtes vous-même "Radha", l'éternelle déesse de l'amour.

Un grand applaudissement pour elle ?"

Le public est maintenant en ébullition et à ce moment précis, Nirban ressent lui aussi une poussée d'excitation car la jeune fille a réussi à atteindre la ligne d'arrivée.

Nirban est maintenant dans un état de stupeur. Il continue à applaudir alors que tout le monde s'est arrêté.

Le chanteur poursuit : "Maa, tu as vu le Dieu suprême, Srikrishna. Hey Radha, vous êtes le plus chanceux que le plus chanceux. "

Nirban murmure intérieurement : "Qui d'autre que moi est le voyant le plus chanceux ?"

La deuxième rencontre

Nirban, brillant élève de l'école de garçons et favori de l'école secondaire supérieure de filles voisine, est cordialement invité dans les deux écoles à l'occasion du 125e anniversaire de Tagore, le philosophe-écrivain et poète lauréat du prix Nobel.

Aujourd'hui, il se rend à l'école des filles pour assister à la représentation d'un célèbre drame dansé de Tagore, CHITRANGADA. C'est un après-midi de farniente. Le ciel est texturé par des flocons de nuages qui se déplacent négligemment. Va-t-il pleuvoir ?

"Dieu, il ne faut pas qu'il pleuve aujourd'hui, que l'enthousiasme des jeunes artistes soit balayé !

Nirban, seul sur la route languissante qui mène à l'école. Une brise légère l'apaise. Joue avec ses cheveux. Certains jours, son excitation est à son comble, sans raison ou pour une raison secrète qu'il ne peut déceler. Pendant ces jours de vacances, il avait parfois été creusé par une tristesse inexpliquée. Il sentait une douleur lui serrer le cœur.

À sa grande surprise, il entend derrière lui une ribambelle de filles qui sourient, gloussent et batifolent entre elles. Et c'est là qu'il voit sa Radha !

Il murmure intérieurement : "Hé, les trois mondes - le ciel, la terre et le monde souterrain, je vois tout le vert de la nature illuminé par une lumière divine ! Et j'ai rencontré la "Radhika", la célèbre Radha... !

Au printemps, je l'apercevrai sûrement, en hiver, je l'aurai sûrement comme une chaude enveloppe contre un froid mordant, en été, je la posséderai comme une pluie bienvenue, à endurer !

Vêtu d'une magnifique robe Punjabi couleur crème, ornée de broderies dorées et d'un payjama en soie blanc laiteux, Nirban ressemble à *Kartikeya* (le Cupidon/dieu de l'amour) et il est immédiatement pris comme objet de discussion par la bande de filles qui gazouillent en passant devant Nirban.

"Hé, qui est ce type, intelligent, beau et... ?"

"Est-il Kartikeya, sans son paon ?"

L'autre s'est jointe à la discussion en riant dans ses manches.

"Vous ne savez pas que c'est le fils des Chakravarty, un étudiant brillant qui suit des cours de gestion à l'IIM Kolkata.

Draupadi regarde en arrière, émerveillée.

("Es-tu accrochée, ma chère Draupadi ? Le vois-tu comme le garçon de ton rêve, 'Arjuna', le troisième 'Pandava' ?)

Les yeux de Nirban s'émerveillent : quelle beauté ! A quoi aurait-elle pu ressembler, en gros plan, exquise, aguichante ? Il est abasourdi.

Mais elle est partie. Là, elle se fond dans la foule de ses camarades de classe.

"Quelles sont les fleurs qui ornent ses cheveux ?

Est-ce Champak, la reine de la nuit ou le jasmin d'Arabie ?

Oho ! Le vent est mauvais. Il a volé le parfum, me laissant comme un mendiant sans le sou." Son cœur se déchire.

Mais le vent écoute ses malheurs. Il s'accompagne d'un sort plus puissant, fait tomber le bord de la robe de Draupadi et celle-ci est poussée par un tourbillon sur un buisson épineux qui empiète sur la route.

"Euh ! Mon saree ! Comment puis-je me produire sur scène ?" Les filles étaient en retard. Ils ont couru. On la voit essayer frénétiquement de la dégager des crochets des épines, mais en vain.

"Est-ce une providence ?" Nirban se précipite vers la jeune fille et l'aide sans hésiter à dégager le bout de son saree des épines. Il tendit ses mains, son moi, consumé par une puissante limpidité, mais il réussit à soulever Draupadi.

Et Draupadi ? La fille qui émet un parfum ?

Son visage était cendré par la peur, mais elle ne pouvait se remettre d'un ravissement momentané.

Son cœur battait à tout rompre.

Elle s'est remise de son délire et a filé vers l'école en lançant un "merci" euphorique à Nirban.

Chitrangada / La troisième rencontre

Chitrangada, la princesse mythologique du royaume de Manipur, considérée comme l'une des épouses d'Arujuna, le troisième Pandava du Mahabharata, se tient là, toute lumière dehors. La scène, remplie de fumigènes qui créent un effet saisissant, devient un monde fantastique.

Chitrangada, en offrandes au Seigneur Manmatha, Chitrangada en robes royales - colorées, exotiques, élégantes - a une présence hypnotique - avec une partie de la scène illuminée, une autre moitié enfumée et sombre, une autre moitié mystique - le visage architectural de Chitrangada, ses mouvements chorégraphiés dans un monde illusoire de montagnes et de rivières - des oiseaux qui chantent sur les branches des arbres dans la forêt mystérieuse... Chitrangada, avec Surupa (le beau visage bien défini) et Kurupa (le laid) contrastant beauté et laideur... Arrive Madana (Dieu de l'amour et de la procréation) et Basantha (le printemps toujours vert...)

Nirban, par une nuit de lune.

Il ne dort pas.

Dans sa mémoire fraîche, il jette un regard poisseux sur la robe de Draupadi.

Le prochain

Les troubles viennent de commencer au bureau du Panchayat Pradhan. Il est 11 heures du matin. Des milliers de personnes affluent au bureau. La foule s'épaissit toutes les cinq minutes. Aujourd'hui, le nombre de jeunes est remarquablement élevé. Les protestations se multiplient contre la corruption présumée qui sévit au sein du bureau du Panchayat.

Il est important de noter qu'aujourd'hui, la foule a été divisée en deux. Un segment crie pour le Pradhan. L'autre, considérablement plus imposant, s'insurge contre le "tana shahi" (mauvaise gestion) du Pradhan. La pomme de discorde est l'"Abas Yojana" (projet de logement parrainé par le gouvernement indien). Les manifestants ou agitateurs sont venus déterminés à voir le bout du tunnel. Ils s'engagent à évincer le Pradhan, accusé de siphonner les fonds, de les détourner et d'accepter des candidats inéligibles pour le décaissement des fonds publics. Les gens sont devenus violents car ils pensent que les titulaires des postes du Panchayat ont pris de l'"argent coupé" (terme utilisé par les milieux politiques) en lieu et place du décaissement.

Les deux groupes en conflit viennent de se présenter devant l'agent de développement du bloc, qui s'est précipité au bureau du panchayat. Les mains croisées, l'officier demande à la foule en colère de patienter afin qu'un examen approfondi puisse être effectué et que tout candidat inéligible puisse être détecté. Mais la foule qui déferle est bien décidée à ne pas écouter ces discours de consolation.

La situation devient doublement violente avec les manifestations longtemps réprimées des personnes socialement défavorisées, pour lesquelles le programme a été mis en place.

Arguments, contre-arguments s'ensuivent, puis la querelle s'étend instantanément aux écoles, aux collèges, au bureau d'enregistrement des propriétés, à l'hôpital voisin, les obligeant tous à fermer leurs portes. La panique règne en maître.

Soudain, d'où la foule ne sait pas, des explosions incessantes de pétards et des coups de briques lancés à l'aveuglette de tous les côtés créent un véritable chaos : Les gens commencent à se bousculer et à courir vers des endroits plus sûrs. L'intérieur et les alentours du bureau du Panchayat sont couverts de fumée. Les fumeurs se dirigent vers la route voisine en faisant un signe de la main. Sous l'effet de la panique, les portes de l'école des garçons et des filles sont fermées à clé.

C'est à ce moment critique que la police intervient. Mais leur présence crée un autre problème. Les supérieurs ordonnent une explosion de gaz lacrymogènes pour disperser le public et, en quelques instants, toute la zone est recouverte d'une chape de fumée noire semblable à de la suie, ne permettant à personne de se déplacer ou de courir.

Draupadi, qui s'est précipitée hors de l'école, tente désespérément de trouver un abri plus sûr, mais une fois sortie, le panache de fumée la rend aveugle.

Elle reste là, comme un lapin en pâmoison, devant un aigle qui fonce à toute allure.

Une minute plus tard, la situation s'aggrave encore.

Un cocktail molotov venant d'une direction inconnue atteint la terre devant le hangar et éclate, avec un bruit à vous faire dresser l'oreille.

Draupadi se pâme. Elle ne sait pas ce qui s'est passé ensuite.

Lorsqu'elle ouvre les yeux, elle se découvre allongée dans le lit du centre de santé primaire voisin. De ses yeux gonflés et pâles, elle découvre l'autre visage anxieux, celui de Nirban. Elle tente de se relever, les yeux maintenant assombris par l'inquiétude.

Les yeux de Nirban sont aussi doux que du beurre. "Tu vas bien ?"

Draupadi tente de relever la tête.

"Non, non. Vous n'avez pas besoin de vous lever. Reposez-vous".

"Oui monsieur, ça va maintenant".

"Vous vous sentez mieux ?"

"Oui. Son visage est ouvert et aimable. La chaleur du regard de Nirban semble pénétrer son cœur.

Les yeux de Nirban brillent d'une lueur de satisfaction.

"Pouvez-vous marcher sur vos jambes ? Pas de fracture ?"

"Seulement un bleu ici et là. Je pourrai rentrer à pied".

"C'est peut-être une entreprise folle. Viens, je suis avec toi."

"Non, non. Je peux rentrer à pied. Vous n'avez pas à vous inquiéter."

"Précoce ! Venez avec moi. Je vous raccompagne".

Avec l'autorisation de la sœur soignante, une ordonnance et des médicaments, Draupadi marche en boitant. Cela n'échappe pas à Nirban. Il vient à son secours, mais Draupadi recule d'un geste timide. Un courant glacial monte et descend le long de sa colonne vertébrale. Ses jambes faiblissent.

(sourire de Nirban).

"Madame, il ne sert à rien d'être timide quand on est malade."

Draupadi reste cependant hésitante.

"Allez, tiens-moi les mains. Ne vous laissez pas impressionner. Je ne suis ni un ogre ni un démon."

Le silence.

Chuchoté.

Le silence trouve alors une expression plus forte.

"Êtes-vous le plus jeune fils des Chakrabortys ?

"Oui. Des doutes ?"

"Non. En fait, je n'étais pas sûr de savoir qui vous étiez."

"Maintenant, vous pouvez en être sûr. N'es-tu pas la même fille qui a joué le rôle de Chitrangada dans Dance Drama de Rabindranath Tagore ?"

Le visage de Draupadi rougit. Elle était censée être un chat qui se cachait sous le lit.

"Ne sois pas aussi faible qu'un chaton. Vous avez réalisé une excellente performance. Je pensais que vous excelleriez avec n'importe quel artiste professionnel. Êtes-vous une étudiante des Filles ?"

"Oui, à la onzième norme".

"Pas d'ambition de faire carrière dans la vie ?"

"Bien sûr que je l'ai fait. Mais j'appartiens à une famille très pauvre. C'est une tâche herculéenne que de s'élever au-dessus des débris de la pauvreté".

"Vous parlez de manière intelligente et séduisante. Restez en contact. Si je peux vous aider dans vos études futures."

"Je suis si reconnaissante."

"Rien de tel. Je ne fais qu'allumer le feu avec mon souffle. Oh ! Vous êtes gravement blessé. Il boite toujours. N'hésitez pas à poser vos mains sur mes épaules. Un gentleman, pas un rustre !

"Monsieur, si quelqu'un me voit avec vous, dans cette position, les rumeurs vont aller bon train."

"Essayez d'oublier toutes ces sales blagues. Regardez droit, agissez droit, dites la vérité et gardez la tête haute".

Draupadi sourit d'un air satisfait. Mais elle s'est empressée de répondre.

"Monsieur, c'est vrai pour un homme, mais pour une fille ou une femme, c'est une réprimande qui peut durer toute une vie. Nous, les femelles, vivons dans des trous, les lèvres closes, le cœur meurtri et les sentiments enfouis".

"Aha ! Vous êtes vraiment une perle. Tu séduis toujours par ton discours en or et tu éblouis par ta beauté."

"Je vous remercie, monsieur, pour vos aimables compliments. OI Monsieur, voici, à gauche, ma petite cabane. Je vous inviterai, un jour, à venir nous rendre visite." Draupadi rayonnait d'un sourire divin.

Nirban n'a pas pu s'empêcher de citer un auteur :

"Ton sourire est le soleil et le chant des oiseaux. C'est le silence des coqs, c'est à la fois la cage et la porte toujours ouverte". (Angela Abraham)

Les yeux de Draupadi pétillent de bonheur et de bonne humeur.

Nirban lui a laissé un sourire contagieux.

Draupadi se tenait là, aussi chaste que Minerve.

Mais...

Un "mais" s'insinue dans son âme.

A peine Nirban s'était-il fondu dans le lointain que son ombre restait sur elle, elle était presque séduite par le comportement intelligent et séduisant de Nirban. De retour à la maison, sa mère se précipite et pleure à chaudes larmes. Elle a essayé de la caresser, comme si elle était sauvée par le flot des incidents violents.

"Tu vas bien, ma fille ?" Elle tremble de peur.

"Oui maman, je suis de retour sain et sauf par la grâce de Dieu. Mais cette fois, il s'agit d'un dieu humain. Il est venu me voir, m'a fait admettre à l'hôpital, m'a raccompagné chez moi et a disparu en un clin d'œil".

"Qui est-ce, ma fille ?"

"Il s'agit de Nirban, le plus jeune fils des Chakrabortys, intelligent, jeune et très instruit.

"Hihoh ! Il est le garçon le plus recherché du village, doux et libéral, à l'opposé de son père, un brahmane pur et dur. Comment et quand est-il venu vous demander de l'aide ?"

"C'est un accident, maman". Elle a raconté les tenants et les aboutissants.

Sur le chemin du retour, Nirban a été accosté par un certain nombre de sympathisants et d'amis. Il a également rencontré des membres de sa famille, qui couraient s'inquiéter pour sa sécurité. "La situation est toujours tendue, bien qu'apparemment sous contrôle. Dieu merci, tu n'es pas blessé", s'exclament-ils. Nirban ne répond pas. Il a été profondément choqué par les volées d'allégations lancées contre son propre père. Son père allait être malmené, mais l'intervention opportune d'un groupe de policiers l'a sauvé de justesse. Il s'en est fallu d'un cheveu. Mais ce fut un coup terrible pour l'honneur et la position sociale de la famille Chakraborty.

"Pourquoi une telle fusillade d'accusations contre mon père ? Est-il impliqué dans l'acte de détournement de fonds publics ?"

Pensif, agité et angoissé, Nirban est entré dans sa maison tandis que sa mère en est ressortie avec une foule de questions. "D'où venez-vous ? Que se passe-t-il là-bas ? On dit qu'une foule violente a attaqué le bureau de votre père. Votre père est-il en sécurité ? Pourquoi étiez-vous là ? Vous auriez pu être malmené, voire attaqué ?"

Elle a hâte d'avoir de ses nouvelles.

Nirban était trop malheureux ou trop misérable pour parler beaucoup. Il s'est contenté de dire que son père était en sécurité et est allé directement dans sa chambre. La porte était fermée. Les coups frappés par sa mère n'ont pas été entendus.

Épuisé, il a besoin de dormir et s'enfonce bientôt dans la sieste de l'après-midi.

Dans sa sieste, il est surpris de voir l'ombre d'une fée à la peau claire, adulte, qui l'attire vers un El do Rado. Il s'agit, pense-t-il, d'un rêve contre nature qui l'éloigne de la raison et le conduit à une abstraction. Il rêve qu'il a été transporté dans un monde de fleurs. Il y a un jardin de bosquets ombragés débordant du chant des rossignols. Il se sent dans le jardin du Spaniard's Inn, Hampstead, Londres ... et ... il écoute donc son professeur réciter". Mon cœur me fait mal, et un engourdissement s'empare de mes sens, comme si j'avais bu de la ciguë, ou vidé quelque opiacé ennuyeux dans les égouts, il y a une minute..." Et la Ciguë, en personne, ... qui est l'ombre ? ... une jeune fille d'un blanc laiteux, au visage rougi, à l'allure idyllique ... marchant sur une plage immaculée ... son corps architecturé, ses seins opulents ... Il crie - DRAUPADiiii !

Le fait que Draupadi fasse sensation est parvenu aux oreilles de Tribhuban, appelé populairement ou sarcastiquement "l'homme à femmes".

Tribhuban se fait passer pour un coq de la promenade. Le fils vagabond (les gens disent "bâtard") d'un grand père, possédant un moulin à riz et deux fours à briques. Il a abandonné ses études (son père lui a dit : "Quel profit tes études peuvent-elles rapporter ? Venez vous asseoir à l'usine en tant que directeur et prenez les rênes de l'entreprise. Combien de temps vais-je vivre ? En allant à l'université, vous ne ferez que gaspiller l'argent que j'ai durement gagné. Vous ne ferez que courir après des "chheuris" (adolescentes, au seuil de la jeunesse). Et il dépense vraiment des milliers. Tribhuban, le riche fils d'un riche père, aperçoit Draupadi et devient immédiatement "fida" (fou de quelqu'un).

Il engage une pauvre grand-mère octogénaire, Hiramoni, lui verse une forte somme et l'envoie comme messagère auprès de Draupadi. Draupadi se rend à l'école. Hiramoni l'accoste de nulle part.

Hiramoni	:	Hey, la fille en or, des tas d'or et de bijoux pour vous !
Draupadi	:	Des personnes éparpillées sur la route ? Dois-je les compter ? et deux et remplir mon sac d'école ?
Hiramoni !	:	Une fille coquine, toujours en train de plaisanter
Draupdi	:	Mamie, je ne suis pas avide d'or ou de diamants.
Hiramoni	:	L'orgueil précède la chute.
Draupadi	:	De quoi suis-je fier ? Je le suis, je le suis. Une pauvre fille. Mon père vit au jour le jour. Ma mère fait les travaux les plus ingrats. Comment venir ?
Hiramoni	:	C'est la raison pour laquelle je suis venu ici. Il va te parer d'or, toi et ta maison.
Draupadi mort.	:	La cupidité mène au péché et le péché mène à la
Hiramoni votre belle	:	Deux rizeries et un four à briques. Beau gosse solde à la banque ? N'allez-vous pas regarder nez ?
Draupadi	:	Qui est-ce, chère nanni ! Yaksha ?
Hiramoni	:	Chérie, tu le connais bien. C'est le plus grand - il est Tribhuban, fils de Maheswar - le fameux homme d'affaires.
Draupadi	:	Aha ! le célèbre débauché qui a ruiné un grand

la vie de nombreuses jeunes filles.

Hiramoni : Quelques taches de saleté sur son vêtement ne peuvent pas

déterminer son caractère. Il vous donnera toute une

royaume.

Draupadi : Ma petite cabane vaut mieux que cela.

Hiramoni : La déesse Lakshmi (déesse de l'amour) a été chassée d'un coup de pied.

Richesse) avec vos pauvres jambes ?

Draupadi : J'offre mon pranam à la déesse à partir d'un

distance, j'ai peur de m'approcher d'elle.

Hiramoni : Vous, la coquette qui flirte, faites preuve de retenue. Ne pas

Utilisez votre langue fétide.

Draupadi : Vous ! Vous me traitez de coquette ? Va, et lave-toi

bouche ! Se voir dans le miroir, ouvrir son

langue-voir, combien de saletés tu as

accumulés dans votre langue. Si mon père avait été

ici, il aurait coupé votre langue en morceaux.

Dégagez ! Toi, la sorcière suceuse de sang, je te déteste

comme n'importe quoi !

Hiramoni : Fille lubrique, gardez à l'esprit qu'une gorgée ne signifie pas que l'on ne peut plus se passer de vous.

faire un été. Un jour, ton corps d'or sera

noircies comme du charbon, tes joues seront comme une friture brinjal... je te maudis...

(Un groupe de personnes arrive par ici, devient curieux et s'arrête) "Heh ! Qu'est-ce qui vous fait pointer votre vilain nez ? C'est une affaire entre la grand-mère et sa petite-fille. Dégagez !"), s'exclame Hiramoni.

(Les badauds se dispersent)

Hiramoni s'éloigne en titubant. Draupadi éclate en sanglots. La rage l'envahit comme un feu follet.

Une rage pure et non diluée.

Son visage devient rouge d'indignation.

Nirban.

Livré à lui-même.

Pourquoi suis-je si perturbé ?

errant sur les bords de son désir, il dit : "Désir, dois-je t'appeler amour ?"

Il s'est impatienté.

Je me sens plus fort que jamais.

Et, l'instant d'après, il est en colère.

Il essaie de rester calme, mais échoue lamentablement.

Une mer immense et sans limites déferle sur lui. La mer est invitante, terriblement charmante, attrayante comme la mort...

Et, au sommet de ses vagues bleutées, Nirban observe, avec émerveillement et une stupéfaction indescriptible, une fille à la richesse architecturale et ravissante, aussi généreuse que la nature, aussi enjouée qu'un papillon qui suce le bleu des vagues... ses seins magnifiquement pleins et coniques... succulents, crémeux...

Nirban se réveille en sursaut sur son lit, enfile à la hâte une robe banale et sort de chez lui en trombe. Sa mère court après lui, mais il se perd dans la foule d'arbres qui mène à une forêt voisine. Non, il n'est pas calme dans la forêt. Il revient dans une rue bondée

Nuit. Draupadi marche en beauté comme la nuit !

Draupadi éblouit la lune, les bords de son saree sont scintillants, mais les scintillements invitent les vers et les insectes, pour les faire grouiller et mourir.

"Noh ! Je ne veux pas mourir. Je veux vivre avec la lumière de l'âme de Draupadi. Je veux qu'elle vive avec moi, je veux qu'elle soit Radha. Sans elle, je me jetterai dans la rivière Yamuna", s'écrie Nirban dans son sommeil.

Nirban a emprunté quelques lignes brisées d'un poète :

Je serai roi et/tu seras ma reine/tu colleras les étoiles sur tes cheveux/Oh my queen, so dear ... Oh my queen... !

Soudain, Nirban se réveille. Mais il se remet en question ;

"Qu'est-ce qui m'abrutit ?"

Il oublie qu'il est un gestionnaire du vingt-deuxième siècle, un informaticien et un moderne charmé par l'IA. Et, pour la première fois de sa vie, il devient un Gopi gardien de bétail, dévoué au Seigneur Krishna et profondément amoureux de Lui. Gopi-Charmer Krishna, l'amour incarné. Il s'occupe d'une grand-mère de son village et l'envoie à Draupadi avec une lettre secrète.

Oui, les mots imbibés d'amour depuis longtemps oubliés qui chassent le sommeil des jeunes filles dans les châteaux historiques ! Il s'agit d'une lettre historique", s'amuse-t-il. La dame octogénaire, marieuse, revient déçue.

Le visage de Draupadi se couvrit de cendres. Elle est tellement déconcertée qu'elle refuse d'accepter la lettre.

Nirban devient un vagabond. Son corps est repoussé, son esprit fissuré, ses sentiments asséchés comme une mare du mois de juin. Son cœur est aussi fissuré que la boue sillonnée d'une terre marécageuse.

Sa mère, voyant cela, réagit vivement.

"Oh, qu'est-il arrivé à mon cher fils ? Pourquoi est-il si rétif ? Pourquoi est-il rude dans ses manières, incongru dans ses propos ?

Qui est Surpanakha, la nymphette fille d'une sorcière qui a tiré une flèche sur mon fils bien élevé au comportement doux ?

Sa mère envoie ses espions et découvre qui est le Suparnakha.

Le père de Nirban est un commerçant prospère. De même, le Pradhan du Panchayat. Riche d'un certain nombre de petites et grandes entreprises liées à la vente et à l'achat de paddy et de riz dans ses entrepôts et d'entrepôts frigorifiques pour les pommes de terre, il est toujours en train de mâcher des feuilles de paan, le rafraîchisseur buccal d'après-repas. Il jette constamment les restes de sa bouche sur la route. Il est également riche en terres fertiles, produisant des récoltes abondantes. Brahmane de caste, il affiche toujours une suprématie sur les autres dans une société mi-rurale, mi-urbaine.

Le père de Nirban voit rouge.

Il est sceptique : ses rivaux dans le monde des affaires ou de la politique sont-ils (ou non) en train de fomenter une conspiration ? Quelle est la cause de la réticence de Nirban et de son comportement plutôt grossier ?

Mon fils est l'or des ors".

La fois suivante, Nirban demande une faveur à sa grand-mère.

"Vous voyez, grand-mère, je n'ai pas de pigeon-messager à envoyer, pas de cheval à monter sur le sentier qui mène à sa maison. S'il vous plaît, soyez un intermédiaire, pour l'amour de Dieu !

"Elle a refusé votre offre au motif que vous êtes un étudiant brillant qui poursuit une carrière brillante. Tu ne devrais pas t'en prendre à une pauvre fille. Son rêve était petit. Elle n'a jamais eu envie de toucher la lune. Elle a également déclaré : "J'ai mon petit monde sans histoire. Je ne veux pas inviter une tempête qui pourrait détruire mon foyer et ma maison... !"

"Arrêtez, grand-mère, j'ai été accablée par ce refus. S'il vous plaît, pour la dernière fois, allez-y - avec un paan (manière traditionnelle d'envoyer une invitation au destinataire souhaité, en espérant une réponse favorable pour une relation future. Le "paan" est une "feuille de paan" contenant un certain nombre de produits épicés pour rafraîchir la bouche.)

Mais Draupadi resta ferme, sans acquiescer.

Draupadi appartenait à une petite famille. La carte de sa vie n'était qu'un papier rétréci. Elle n'avait pas ces ailes puissantes qui lui auraient permis d'atteindre le ciel et de retomber avec ses jambes intactes. Son ciel était également limité. Sous ce ciel se trouvait la maison en chaume de son père. La cour était petite, l'entrée de sa maison basse, ne permettant pas à un homme de grande taille d'entrer librement.

Avec quatre vaches, des chèvres du même nombre, un petit terrain ombragé de bambous adjacent à la cour, elle était ravie d'envoyer ses yeux au sommet des pousses de bambous feuillus, ravie de voir le martin-pêcheur chasser les poissons d'un séjour sûr sur les branches pliées d'un arbre Arjuna. Mais elle a reculé devant l'eau sableuse et polluée d'un étang sombre et étroit derrière sa maison. Elle avait peur des chacals sauvages. Pourtant, elle pourrait vivre une vie charmée par sa beauté brute et sa splendeur.

Elle n'avait pas de chambre qu'elle pouvait appeler la sienne. Un petit ghetto douillet partagé par son père et sa mère. L'excitation l'envahit, mais elle doit cacher son cœur qui bat la chamade. Parfois, on la voit surveiller secrètement son corps, qui se développe comme les jeunes bananiers. Ses sourcils en forme de croissant s'inclinent avec une terrible fierté au moment où elle voit ses beaux seins ronds complètement nus, le cadre de son visage se reflétant dans un petit miroir. Les soirs de lune, la lune s'immisçant timidement dans sa chaumière, elle devenait folle de rien mais de quelque chose. Depuis peu, le visage d'un homme intelligent, droit et bien musclé s'immisce dans la lune. Elle referme alors la petite fenêtre. Son visage semblait être celui d'une jeune fille timide laissée dans les prés par ses parents. Soudain, elle défait la tresse de ses cheveux noirs et avale une grande quantité d'eau. Ses cheveux s'écrasent sur ses épaules affaissées.

Au seuil des dix-huit printemps, Draupadi fait sensation dans le village.

Les vétérans disaient avec une frustration jalouse : "Voyez, la lune inonde les dix directions à la fois ! Elle va emporter les jeunes, nous en sommes sûrs."

"Pourquoi grandissez-vous à un rythme effréné ?", demande la chroniqueuse de ses jours non répertoriés.

Pourquoi y a-t-il un éclair pendant que vous souriez ? Ne savez-vous pas que l'éclat de votre beauté est sans égal dans la famille d'un pauvre barbier ?"

"Oui, je suis maudite d'être la fille d'un barbier. Le barbier est une caste inférieure détestée dans la société. Hé Dieu, pourquoi m'as-tu fait naître dans une famille de barbiers ?

Comme elle est née d'une caste inférieure, elle doit être déracinée, "possédée" et "utilisée" par les gangsters locaux, et même par leurs acolytes d'âge moyen et avancé, qui tirent leur propre langue pour faire couler un jus illégitime.

"Elle sera à nous ! La cupidité s'installe dans l'esprit du jeune homme. Draupadi avait l'intelligence de lire chaque pas des étrangers. Si, un jour donné, elle est seule dans sa maison et qu'il y a du bruit, Draupadi s'imagine être entourée d'une horde de corbeaux en colère prêts à lui donner la becquée jusqu'à la mort.

Et son père, d'une fierté maladive, menace : "Si quelqu'un s'approche d'elle, je lui tranche la gorge". Il ne peut oublier la haine séculaire envers les basses castes. Cela le perturbe, l'humilie. Il est fragmenté de l'intérieur, quelques mots orduriers s'échappent parfois de son diaphragme.

Vous, le barbier, vous le coupeur de cheveux et d'ongles traditionnel, l'esclave des castes supérieures, vous portez le "handi" (récipient en terre) de bonbons et de "paan" pour une demande en mariage finalisée, vous accompagnez le groupe de mariage au pandal et faites les petits travaux, vous recevez les cadeaux d'adieu du père de la mariée, les mains croisées.

Hé, toi le barbier, une détestable non-entité dans la hiérarchie sociale ! Restez muets, restez prostrés".

La colère qui s'empare de lui le tue. Pendant ce temps, le père de Draupadi, assiégé, brandit son rasoir : "Voici un rasoir, quiconque s'approche d'elle le coupera en morceaux. Je suis fière de ma fille. C'est une déesse de la lune. Avez-vous une fille aussi belle et à la peau aussi claire chez vous ? Non, elle est elle-même légère. Elle ne montera pas à bord d'un bateau dans une rivière sombre. Il navigue dans une eau aussi blanche qu'un verre".

La quatrième rencontre

Un gamchha à carreaux colorés (un long essuie-sueur en coton) à un côté ; suspendu à son épaule, le ménestrel mystique appelé "baul" - avec un "Ektara", le "Dotara", l'instrument à une corde, ainsi que le "Dugi tabla" ou un tambour dans les mains magiques de son assistant - a attiré un groupe enthousiaste d'auditeurs. Écoutant avec une attention avide, bougeant et dansant avec leurs jambes jubilatoires synchronisées avec les battements de mains, les auditeurs semblent absorbés, même de loin. Ils sont maintenant de plus en plus nombreux, tandis que la musique réconfortante et la présentation audio dramatique les font dégeler d'admiration.

L'après-midi est agréable, mais Nirban arrive avec une tristesse résignée dans les yeux. Il a envie de pleurer, mais il n'y arrive pas. Il est venu avec un pincement au cœur. Il cherche au fond de lui : "pourquoi" ?

Il joue des coudes dans la foule et s'installe à un endroit approprié. Le regard curieux et interrogateur, il est soudain irrésistiblement attiré par les lignes d'un texte du chanteur en chef :

Sob loke koy Lalan ki jaat Sangsare".

(Tout le monde demande : Hi ho, quelle est la caste de 'Lalan Sai?')

"Lalan bale jatir ki rup dekhlam na ci najare ||

(Lalan dit que personne ne peut dire à quoi ressemble un "jaat" ou une "caste").

Keu mala keu tasbir gale

taito re jaat bhinno bale

jaoa kimba asar belay

jaater Chinha roy kare ||

Chhunnat dile hoy musalman

Narir tabe ki hoy bidhan

Baman chini poiter praman

        Bamni chini ki prakare-"

(Si vous circoncisez le garçon,

Il devient musulman.

Qu'en est-il des femmes, semble-t-il ?

Reconnaître le "Brahman", avec son fil sacré

Qu'en est-il des Brarhmani, mon cher ami ?

L'un porte une "guirlande", un "tasbir" avec l'autre, sur son cou.

Quelle est votre caste, à la naissance et à la mort, Trek ?)

Les jambes de Nirban sont collantes. Il ne peut pas bouger. Une bouffée de vent frais se glisse dans ses poumons. Il inspire profondément.

Le chanteur principal pointe maintenant ses doigts vers l'assistant. Le second prend la relève avec une voix ouverte et gutturale. Le sens est très clair pour les auditeurs :

"Le corps est une cage et l'âme y est enfermée. Ouvrez les portes de votre corps et trouvez Dieu.

"Khanchar bhitor achin pakhi kyamne ase jay ?" Mes chers auditeurs, qui est ce "achin pakhi" ? C'est l'âme non enchantée, qui va et vient. Ne le lâchez jamais, gardez-le attaché à votre corps. Il est le "moner manush", l'entité selon mon cœur. Regardez à l'intérieur. Libérez votre âme pour accueillir votre "moner manush", adorez-le. Adorez-la. C'est l'amour, c'est la dévotion, c'est le "Sahajiya Ananda". Des temples et des mosquées obstruent ton chemin. La religion acceptée enchaîne les pieds. Clercs et prêtres s'attroupent avec colère et scandent "division" Mais qu'à cela ne tienne, l'amour ne connaît pas de frontières. Radhika, toujours affamée d'amour, s'entraîne à rencontrer Gobinda. Le poète implora Padma : "Dehi pada Pallava Mudaram". C'est pour cet amour que le Ciel aspire à descendre sur Terre et que Dieu se fait homme. Mes chers bhakts, liez votre prochain par l'amour - c'est le plus grand lien sur Terre. Mais ?

Le chanteur se tait un instant.

Que voyons-nous ? Le paradoxe est partout.

Peut-être quelqu'un a-t-il inversé les actes d'une pièce de théâtre sur ce "Mahabishwa" (le Grand Monde, le Cosmos).

"La terre parle en paradoxe

Et les fleurs dévorent

les cœurs des fruits

Et la vigne douce rugit

étrangle l'arbre.

La lune se lève dans le jour

Et le soleil la nuit

avec des rayons brillants

Le sang est blanc

et sur un lac de sang

faire flotter un couple de cygnes

copuler en permanence

Dans une jungle de luxure et d'amour".

(Original de Guruchand, traduit par Rakesh Chandra)

Le chanteur principal se met en avant. Frères, sœurs et aînés respectés

L'amour règne en maître !

Mais notre Guruchand chante sarcastiquement :

Comme le chante le muet

Comme le chante le muet

pour les sourds

le sans-main joue du luth

Et l'infirme mène la danse

La prise aveugle

absorbé par le spectacle

Quel étrange monde sans amour !

Nirban reste assis là quand tous les spectateurs sont partis. Il s'assoit seul et se souvient des vers de Houde Gosai :

>Sur l'autre rive
>
>Sur l'autre rive
>
>de l'océan
>
>de sa propre personne
>
>fait frémir une goutte de liquide
>
>comme l'origine de tout.

Mais qui peut négocier les vagues et l'atteindre ?

La racine de tout est en vous. Explorez la base pour atteindre l'Essence.

Nirban murmure à l'intérieur de qui peut atteindre l'essence ? Le peut-il vraiment ? Comment recueillir la goutte de liquide - l'or des ors ?

"Jeune homme, qu'est-ce qui vous arrive ?"

"Rien".

"Rien ne veut dire quelque chose. J'ai remarqué que quelque chose se prépare en vous. Votre gorge s'épaissit. Votre voix se fissure. Quelque chose vous a fait mal au cœur ?"

"En fait, j'étais profondément absorbé par vos chansons. Vous avez magnifiquement créé une fusion entre l'hindouisme, le bouddhisme, le vaishnavisme et l'islam soufi, tout en vous distinguant nettement d'eux".

"Mon garçon, tu as appris quelque chose sur nous."

"N'est-ce pas un mélange de pratiques tantriques yogiques, de Sahajia bouddhiste, de Sahajiya vaishnav et de pensées soufies ?

"Combien d'entre vous, parmi les jeunes générations, ont lu ou fait des recherches sur ce sujet ? Mais cher chercheur de connaissances, nous ne sommes pas les derniers Sahajiyas du bouddhisme qui affirmaient "Jaha ache Brahmande, taha ache Dehavande". Nous acceptons le 'deha', mais pas le déferlement de sexualité par les Sahajiyas bouddhistes".

"Je comprends. Mais tout ne peut être contrôlé. Les barrières se briseront...

Il est d'humeur pensive. Le chef baul demande : "Je crains que vous ne soyez chargé d'amour. Mais vous êtes une âme pure. On ne peut pas dépasser les limites d'un gentleman. Garçon, lorsque la vie, l'esprit et les yeux sont en accord, la cible est à portée de main. On peut voir le "Brahma" sans forme avec les yeux nus".

Lalan nous a offert une chanson : Alors que l'homme et la femme en moi s'unissent dans l'amour, l'éclat de la beauté, équilibrée dans le lotus à deux pétales en moi, éblouit mes yeux. les rayons surpassent la lune et les joyaux, qui brillent dans les capuchons des serpents. Ma peau et mes os sont devenus de l'or. Je suis le réservoir d'amour vivant dans les vagues... Uaa beta, cherche les bras de l'Amour ; pars en voyage pour recueillir ce Fluide frémissant - l'Essence. Allez, prenez ses mains...

Le séjour de minuit

Nirban a tout de même réussi à s'aventurer hors de sa maison jusqu'à l'ombre mystérieuse d'un arbre géant sous la lune. Et cette fois-ci, la jeune fille a été séduite !

C'est l'appel de la nuit sauvage.

Elle a refusé à trois reprises. Mais la quatrième tentative de Nirban la fait succomber à son appel. Le langage corporel de Nirban indique la détermination.

Nirban est venu seul, tantôt dégringolant, tantôt se reposant entre les briques inégales du trottoir construit par le panchayat, puis bravant une route sinistre et désolée, envahie par des herbes envahissantes.

"Oh mon Dieu ! Un brillant étudiant en gestion, en fin d'études, en attente d'un placement sur le campus de plusieurs milliers de roupies par an, s'engage dans une voie qui ne mène nulle part ? Ou, quelque part ?" se demande Nirban.

Draupadi se tenait là, comme un hibou troué dans la nuit.

La mariée "avait consenti mais le galant est arrivé en retard !".

La nuit était calme, seuls la chouette, le héron et les grillons rompaient le silence.

"Alors, vous êtes venus ?" Nirban lance sa question à une ombre.

"Je suis venu vous dire quelque chose de grave."

Le moment ne correspond pas à votre "sérieux".

"Cela ne correspond pas non plus à votre jovialité de rêve."

"Intelligent !

"Pas comme toi. Je suis une pauvre fille, vivant dans la chaumière d'un pauvre père, ne rêvant que de la lumière de l'éducation pour allumer des bougies dans une chaumière sans nom".

"Brillant".

"Avez-vous déjà observé une ombre profonde sous un pont autoroutier ?"

"Tu es la fille la plus vivante, pas une ombre. Qu'il en soit ainsi, je ferai de l'ombre transformée une Vénus qui bouleverse le monde."

"Je ne suis pas aussi intelligent que vous".

"Tu es Chitrangada, avec la beauté, le courage, les bras et l'intelligence.

"Croyez-moi, je n'ai pas de courage. Je suis un homme timide".

"Ok ! Ok !"

"Le temps passe vite. Je suis venu en traînant des nuages d'obstacles. Dites-moi, s'il vous plaît, pourquoi m'avez-vous appelé ?"

"Dites-moi d'abord pourquoi vous avez répondu à mon appel ?"

"Je n'en suis pas sûr. Quelqu'un m'a emmené loin de chez moi".

Ce "quelqu'un" te pose une question directe : veux-tu m'épouser - pas maintenant, pas en ce moment, mais quelques années plus tard ?

"Je ne veux pas m'épanouir dans de faux espoirs.

"Faux ? Avez-vous demandé à votre "vous" intérieur, que vous êtes attiré par de faux espoirs ?"

J'ai peut-être trompé le "moi" intérieur.

"Non ! Votre "vous" intérieur vous a virtuellement inspiré pour sortir".

"Je ne suis pas venu ici pour mourir misérablement sur un sentier inexploré. Comment cela est-il possible ? Je suis la fille d'un barbier, un misérable de la caste inférieure, mais vous êtes le fils d'un brahmane influent, la caste et la classe la plus élevée de notre hiérarchie sociale !

"Plus intelligent que ce que vous prétendez être !"

Draupadi pousse un faible gémissement.

"Vous ne savez pas que ce n'est pas possible ?"

Je ferai en sorte que ce soit "possible".

"L'engouement d'un jeune de 23 ou 24 ans grandit et se termine par un fiasco.

"Faux. Une détermination de 24 ans, et ça ne s'arrêtera jamais".

"Vous d'un côté et le monde entier de l'autre. Pourquoi me tournez-vous autour ? Vous, en tant que galant, êtes les "sept rois" de la richesse des parents intelligents, intelligents, beaux et élégants, les filles vont s'abattre sur vous !"

"Oui, bien sûr ! Alors qu'ils s'abattent sur nous, comme des vautours !"

"Vous ne pouvez pas imaginer à quel point la relation entre un garçon Brarhman et une fille Barber est dangereuse et risquée !

"Je ne crois pas au système des castes. Je crois en l'humanité".

"Quand ta folie passagère t'abandonnera, tu es sûr de me laisser en plan."

"Jamais. Jamais".

"Tes parents vont me mettre à la porte".

"Je m'enfuirai avec toi."

"Hé, tes parents vont te déshériter".

"Je m'en fiche. Je ne vaux pas un centime, je vaux des livres. Même, je peux construire une maison dans les marais."

La voix de Draupadi est étouffée. Le marais ne contient pas d'eau. Elle reste sans rien dire, calme et indifférente, abandonnée sur une route dans un hiver glacial. Nirban pouvait lire son visage même dans l'obscurité. Pourtant, Draupadi, effrayée par les conséquences, se tenait comme un bois dépourvu d'arbres. L'instant d'après, elle pousse un cri d'impuissance.

Ses yeux étaient remplis d'eau sombre, devina Nirban. Nirban lui saisit soudain les mains. "Pourquoi pleures-tu ? Je suis là, ton âme sœur. Je ne suis pas un débauché ou un avili".

"Vous voyez, j'ai une estime de moi que vous ne pouvez pas blesser. Je suis une fille en passe de devenir une femme. Tu es un garçon. Demain, lorsque votre ivresse disparaîtra, vous vous tiendrez à distance comme un prospectiviste de haute caste et je serai la fille d'un pauvre barbier, enterrée dans l'humiliation."

"Je sauterai d'ailleurs dans cette piscine obscure, je pourrai commettre le plus grand des péchés, j'irai en enfer, je traverserai à la nage une mer agitée, je braverai les tempêtes, pour toi et toi seule", s'emporte la bouche de Nirban.

"Je vous demande, les mains jointes, de ne pas être aussi cruel que de prononcer ces mots sinistres. Pourquoi mourrez-vous pour une fille aussi banale que moi ? Je suis un déchet jetable dans votre société".

"Je déclare que tu es pour moi la pierre précieuse la plus conservable au fond de mon cœur."

"Je ne crois pas à vos odes. Les hommes sont les menteurs les plus perfides. Souvent, ils promettent et disparaissent".

"Besoin d'une preuve pour savoir si je suis fidèle à mon amour ? Ok, regarde-moi avec tes grands yeux - vois à travers le canal sombre de la vie - ici, je grimpe jusqu'à la cime de cet arbre séculaire, je saute de sa branche la plus haute - si je meurs, je cache mon corps sur sa branche et je prononce un shloka de Radha..."

(Il grimpe sans se soucier des conséquences)

"Hé, écoutez, le tronc de l'arbre est glissant, on ne sait pas trop où vous allez poser vos pieds. Écoutez, s'il vous plaît. Tu te casseras les jambes, tu seras battu par des serpents".

"Alors, qu'est-ce que ça représente pour toi ?"

"Tes parents n'auront pas de fils et attendront la mort."

"Je suis adulte, je ne me cache pas sous le bord de la robe de ma mère.

"Descendez s'il vous plaît, descendez - qui d'autre que les imbéciles grimpe à un arbre la nuit ?

"Peiné par ma mort prématurée ?" ha ha !"

le crocodile verse des larmes ! Ce sont de vraies larmes, vous me croyez,

la pierre a enfin fondu".

"Oh, qu'est-ce que je vais faire de toi ? Tu n'es qu'une pierre non polie, ni plus ni moins."

"Comparaison injuste. Il semble que vous soyez les yeux insensibles d'un prêteur au mois de Bhadra (mois d'août)".

"Je ne peux pas supporter de telles calomnies, s'il vous plaît !"

"Tu es la lame tranchante d'un boucher."

"Oh ! Si seulement j'étais mort !"

"Pourquoi le feriez-vous ? Toi, l'apsara (belle jeune fille choisie par les dieux) des dieux, ma mort ne te coûtera pas grand-chose".

"Noh ! Je n'ai jamais voulu que tu meures."

"Promets-moi que tu m'aimeras, que tu m'aimeras, que tu m'aimeras ?"

"Est-ce quelque chose qui a été jeté dans un magasin de vente ? Ne pouvez-vous pas partager la souffrance que je ressens ? Lis dans mes yeux, même dans l'obscurité. Le ferez-vous ?"

"Ohhh ! Je suis un imbécile."

"Descendez, s'il vous plaît, s'il vous plaît !"

Nirban est au sol en un clin d'œil.

Quelques sifflements bruts suivent.

Nirban s'approche. Le cœur de Draupadi bat la chamade.

Nirban, l'adolescent Arjuna, la voit aussi illimitée qu'une mer. Insondable.

Nirban écoute sa respiration. Mais où est-elle ?

Il tend les mains pour la toucher. Il devient une chauve-souris aveugle. Draupadi est aussi sombre que la nuit. Nirban s'enfonce dans la nuit et, enfin, il la sent - elle fond comme une terre molle.

Les doigts de Nirban tracent ses lèvres. Ses lèvres semblent figées dans le silence. Il s'agit peut-être d'une horreur insensible. Il plante un baiser profond dans le sien. La jeune fille, effrayée, ne sait pas comment retourner le baiser. Elle prend sa tête sur son sein, enveloppe son visage de ses mains pleines d'attente et, par une faim longtemps refoulée, lui mord les lèvres.

Nirban se durcit, ses organes se rigidifient et se raidissent sous l'effet d'un désir inconnu. Il inonde les lèvres de Draupadi de baisers sauvages. Les mamelons intacts de Draupadi se raidissent. Son cœur se met à battre la chamade, son cœur bat à tout rompre dans sa nuque.

Le ciel est timide. La lune cache son visage. Le vent baille avec les sifflements insouciants du désir. Un hibou sort la tête de son trou d'arbre, mais recule avec une peur qu'il n'avait jamais connue auparavant.

Cette nuit-là, les arbres environnants étaient de sombres spectateurs. Les étoiles scintillent mais disparaissent dans leurs maisons éthérées.

Draupadi, le lendemain, découvre des égratignures sur son épaule brunie par le blé, sa richesse secrète, la fierté de deux seins ronds, pillée... elle s'exclame secrètement : "Quel pilleur brutal !".

"Leaked" a obtenu la nouvelle

Qui pourrait refuser ?

Le secret était dans l'air

Non, ce n'est pas juste !

Rendu fou de rage, l'ancien

"Un brahmane, vendu à un barbier !"

Les prudents se sont rassemblés

Les galants se rassemblent.

Les villageois se sont rendus à leur poste

Les escrimeurs assis, pourraient facilement mouler

Tenez Nirban et mettez-le dans la chaîne

La clique de Draupadi sera vaine !

En l'espace d'une semaine, les événements se sont aggravés. De pire en pire. La colère des brahmanes s'en trouve $^{aggravée*\ et}$ une foule en colère entre soudain sur le terrain. Et ils se sont rapidement polarisés. La plupart des castes inférieures se sont rangées du côté du père de Draupadi, Kishorimohan. Les soi-disant "Kshatriyas "*, Karan-Kayastha et Raju de ^{caste*} étaient avec les Brahmanes. Les Mahishyas, les Tilis, les Namashudras et d'autres castes ont adopté une position intermédiaire. Ils avaient de l'empathie pour Kishorimohan, un doux barbier qui les servait depuis longtemps. Depuis des temps immémoriaux, ils ont reçu la confiance non critique des bons voisins dans la hiérarchie sociale. Le pilier de l'architecture sociale est intact.

Des changements sociaux considérables avaient inondé la localité, mais l'édifice Brahman-kshatriya, vaishya-shudra au sommet et les castes inférieures, y compris les intouchables comme *haddi* (hari) *Kodma Doluis* à l'extrême bas, est resté le même. Ce virage non désiré est maintenant considéré comme une grosse pierre jetée dans le nid de frelons. Le village et les localités adjacentes sont aujourd'hui en plein bouleversement.

En quelques jours, Draupadi est prise pour une pomme de discorde.

Son père a senti quelque chose d'anormal.

Sa chère fille était devenue morose, pensive. Parfois, elle ne regardait nulle part et pleurait seule.

Mais un jour, il est bien décidé à lui demander.

"Qu'est-ce qui vous arrive, chère fille ?"

"Rien, papa".

"Maa re (ma chère fille), tu as l'air aussi tendre que des larmes !

"Ne t'inquiète pas papa". Elle essaie d'éviter papa.

Mais sa mère n'avait rien négligé pour voir ... une pousse vénéneuse - cache-t-elle quelque chose ?

Pendant ce temps, la clique des barbiers et des basses castes planifie l'enlèvement de Nirban. Des espions l'ont transmise aux brahmanes. Cela a créé un profond fossé dans les liens séculaires qui unissaient les villageois.

Nirban et Draupadi sont maintenant assignés à résidence. La combinaison Brahman-Kshatriya voit rouge.

"Quelle audace ! Qu'est-ce qu'un coiffeur pense de lui-même ? Nous le chasserons du village".

Ils deviennent proactifs.

Pour les Chakraborty, les parents et les proches de Nirban, la nouvelle a résonné comme un coup de tonnerre. Ils ont été pris d'une poussée de colère incontrôlable. La nouvelle s'est répandue comme une traînée de poudre. Cela a provoqué un choc brutal dans l'identité brahmanique. Ils ont réagi violemment, comme si une balle de panique leur traversait la gorge, tant ils avaient profité du "mantra - suprématie" dans l'adoration de Dieu - et des divinités qui jaillissaient autour d'eux. La "sainte identité" des brahmanas - dont certains prétendent descendre directement d'un grand sage ou d'un "rishi" - a été profanée !

Ils se sentent désespérés.

Et Draupadi ?

Elle est prise d'un élan de panique. La peur lui glace le cœur. Son visage s'est dramatiquement assombri. Elle a été chagrinée d'entendre ses voisins la mépriser.

Le père de Draupadi a peur, quelque chose a mal tourné. Maintenant, il lui crie dessus. Il jette un regard dubitatif.

"Dites-moi qui il est."

Après une longue et douloureuse persuasion, elle se dévoile : Il n'est autre que Nirban, le "chhotobabu" (fils cadet) des Chakraborty.

"Oh mon Dieu ! le ciel me tombe sur la tête ! Qu'est-ce que vous avez déclenché ? Un jeune homme si bien coiffé de la respectable famille Chakraborty ! Je vais te couper en morceaux. Ce garçon sera enterré sous la boue. Qu'est-il devenu ? Pourquoi nous a-t-il fait honte ?"

Nirban était dans les parages. Il sort de sa cachette, fier célibataire et courtisan déterminé.

Le père de Draupadi, Kishorimohan, brandit son rasoir.

"Vous avez vu ça ? Je ne t'épargnerai pas, même si tu es le fils d'une famille riche."

Nirban a agi avec sang-froid. Il a répondu : "Ne vous inquiétez pas. Je l'épouserai bientôt."

"Et tes études ?"

"Je me débrouillerai. Ayez confiance en moi".

"D'accord, j'ai confiance en vous, mais qu'en est-il de la société ici ?" Il a poussé un profond soupir.

"Je les prendrai en charge. Laissez-moi faire."

"Une corne verte comme vous ? Connaître les répercussions dans la société ?"

"J'ai dit, je prends."

"Ils vous boycotteront.

"Laissez-les faire. Je me fiche éperdument d'eux !"

"Plus facile à dire qu'à faire. Vos parents vous déshériteront".

"Je n'ai pas peur. Une grande propriété est enregistrée à mon nom. Je vais me réinscrire à son nom".

"S'il te plaît, arrête, tu parles beaucoup. Toutes vos vantardises sont le fruit d'un engouement. Aujourd'hui, vous êtes enthousiaste, demain vous me montrerez un visage assombri par la désapprobation et la déception. Vous la laisserez avec un sourire triste et elle sera certainement laissée à l'abandon. Voyez, des larmes ont piqué ses yeux !"

"OK. Je vais transférer tout le solde de mon compte sur le sien".

"L'argent peut-il être échangé contre l'honneur ? Les blessures de la diffamation ?

"Je jure que je la ramènerai chez elle, avec tous les honneurs qui lui sont dus."

"Alors ? Vos parents et les membres du Panchayat du village vont débarquer et mettre ma pauvre fille à la porte ?"

"Croyez-moi, je ne les laisserai pas faire."

"L'expérience m'a rendu sage. J'ai vu beaucoup de mariages malheureux. Qui écoute le cri de la fille dans le désert ? Aujourd'hui vous promettez et demain l'huile et l'eau se gélifieront".

"Ayez confiance et voyez ce que je fais".

"Leaked" a obtenu la nouvelle

Qui pourrait refuser ?

Le secret a été diffusé :

Non, ce n'est pas juste !

Le vieil homme enragé s'est précipité

"Un brahmane, vendu à un barbier ?"

Les prudents se sont réunis

Les galants se sont déplacés pour se rassembler

Tenez Nirban en chaîne,

La clique de Draupadi sera vaine !"

Draupadi et Nirban ont reçu l'ordre de rester en résidence surveillée et de ne pas sortir.

Nirban était adamanat. "Je n'ai commis aucun péché. Je l'épouserai, c'est sûr !"

Le père de Draupadi, Kishorimohan, a demandé l'enregistrement du mariage sous la surveillance du tribunal.

Le père de Nirban, Krishnakishor, a rejeté la proposition.

"Huh ! S'agit-il vraiment d'un mariage ?"

Mais tout le village et les gens dans un rayon de dix kilomètres se sont mis à hurler de colère et d'humiliation. Les barbiers de la localité voisine refusaient de se rendre à toute cérémonie sociale telle que la naissance, le mariage ou le décès". Nous demandons que la justice soit là".

Kishorimohan, avec l'aide de sa communauté, réussit à faire enregistrer le mariage du jour au lendemain, puisque Draupadi avait atteint l'âge du mariage selon la loi indienne sur le mariage hindou. Le père de Nirban a intenté un procès contre cet "acte illégal" et a demandé au tribunal de déclarer le mariage nul et non avenu. Il réussit à produire un acte de naissance de Draupadi. Le certificat, à la surprise générale, montre que Draupadi n'a pas atteint l'âge du mariage. Elle n'avait que dix-sept ans.

Mais tous les barbiers, y compris un vieil octogénaire, ont été les témoins confirmés de sa naissance, puisque c'est lui qui a accompli les rituels. Le dernier clou a été planté dans l'espoir du père de Nirban lorsque l'acte de naissance original a été présenté au tribunal par son père. Le père de Nirban, qui est un influent Panchayat Pradhan (administrateur en chef du Panchayat du village), a manœuvré pour présenter un grand nombre de personnes en sa faveur, mais le juge a réfuté tous les arguments et toutes les protestations. Il a déclaré le verdict en faveur de la légalité du mariage.

La nouvelle du verdict renforce les revendications des barbiers mais exaspère les brahmanes.

"Quelle audacieuse mésaventure pour un barbier !" La communauté brahmanique s'est unie sous la hiérarchie sociale traditionnelle, les brahmanes, au sommet de la pyramide, jouissant du pouvoir, du faste et de la gloire. Les brahmanes sont devenus violents face à cette violation "flagrante" de l'ordre social et de ses normes centenaires.

Les riches des castes supérieures auraient organisé des réunions secrètes, tandis que les pauvres et les opprimés, soutenus par la majorité des classes inférieures et des castes, constituaient une barricade plus solide pour les brahmanes.

Le père de Nirban a explosé : "Celui qui aurait dû être sous nos pieds a osé danser au-dessus de notre tête ! Qu'il en soit remercié. Arrêtez cette fripouille. L'empêcher de commettre un tel acte scandaleux. N'y a-t-il pas un gardien-protecteur de la moralité de notre communauté ? Levez-vous ! C'est un Dharmayudh ! (guerre pour la religion). Levez-vous et mettez fin à ce péché. Allez, et faites emmener le barbier pour qu'il nous tombe sur les pieds !"

La situation devenait incontrôlable. Les sages ont senti qu'une conflagration était sur le point d'engloutir la société. Ils ont essayé de faire preuve de retenue : Hold. Faites preuve de patience.

"Quelle patience ! Quelle patience ! Celui qui était sous les pieds, est venu pisser au-dessus de notre tête ! Pensez-vous que nous le tolérerons ? Non. Nous irons jusqu'au bout du tunnel".

"Attendez, vous ne pouvez pas faire ça. Le tribunal vous impliquera dans une affaire de violation des droits de l'homme. Combien d'entre vous sont prêts à courir jusqu'aux portes du tribunal ? Voulez-vous faire la navette et frapper aux portes du tribunal pour obtenir une réfutation ? OK. Combien êtes-vous ? Il ne s'agit pas d'une propagande politique, mais d'un verdict du pouvoir judiciaire. Pourrez-vous résister à l'accusation de violation du pouvoir judiciaire ? Calmez votre colère. Réfléchissons aux autres moyens. Si la jeune fille va au tribunal et se plaint que vous restreignez ses droits fondamentaux, alors ? Cela ne fera qu'ajouter du sel aux blessures que vous êtes en train de lécher".

Des espions ou des informateurs ont transmis la nouvelle de cette évolution à la communauté des barbiers.

Les barbiers ont rugi de fierté blessée

"Gardons Nirban debout à la prison", dit l'un d'eux.

Hé, vous êtes fou ? C'est notre gendre. Nous devons le protéger. C'est un joyau mille fois millénaire".

L'autre commente avec un sourire malicieux : "Ha ha ! cela signifie que les coiffeurs sont améliorés, n'est-ce pas ?".

> Les insectes sont venus en essaims
>
> Les rats ont creusé un trou
>
> Oiseaux nocturnes, pondus
>
> Avec des taupes qui reniflent les salaires
>
> Les entremetteurs sont entrés en cachette :
>
> Hé, quittez ce lit de péché
>
> Seuls les braves, les justes méritent
>
> Du sang dans les veines et de l'honneur, de la réserve
>
> Le respect que vous méritez en tant qu'homme
>
> Oublier les jours, autrefois, révolus
>
> Obtenir de l'argent et une princesse, mais aucune
>
> viendrait profaner votre haut clan.

Une violente agitation s'ensuit parmi les villageois. Les hommes de l'éducation et le prude ont été perturbés : La paix va disparaître de ce village.

Certains font des grimaces avec leur visage sombre.

Quelques prises de bec. Certains se sont déplacés, appréhendant une grande calamité.

Les soi-disant modernes à l'esprit progressiste, qui étaient assis dans les barrières, se sont avancés.

"Le temps a changé. Nous l'admettons. Mais nous ne pouvons pas accepter qu'une fille de coiffeur soit la belle-fille d'une famille brahmanique à la caste élevée".

Des vieillards âgés chantent en face. Ils ont commencé à citer les valeurs humanitaires exprimées dans les œuvres du grand poète Rabindranath Tagore, lauréat du prix Nobel. Certains sont allés cueillir des fleurs séculaires dans les textes de Nazrul Islam, d'autres ont transmis rapidement les grandes paroles du sage et réformateur social Swami Vivekananda.

Un garçon trop enthousiaste s'est jeté dans la mêlée, avez-vous lu ce que Vivekananda a écrit ?

"Vous, les castes supérieures, disparaissez dans le bleu."

Un homme ressemblant à un fakir se met à chanter :

>Quelle masse vous créez, mon pote
>
>Au nom de la caste et de la haine
>
>Dites quelle est votre caste à la naissance
>
>Dites-moi de quelle caste vous mourrez
>
>La mort, le niveleur, avec sa bêche,
>
>Vient et prend une seule nuance
>
>Pourtant, vous vous disputez avec les castes et les castes
>
>J'ai honte de votre soif de caste...

Entre-temps, un "mais" (fait de l'esprit de Lalan Fakir) est coincé dans la gorge du "mantrajibi" (vivant des slokas ou mantras).

Communauté brahmanique :

>"Les esclaves, qui servent la communauté, ne peuvent pas être égaux à nous.
>
>Ils appartiennent à une société lointaine.
>
>Ils vivent à l'écart, comme une race lointaine
>
>Bien que proches, ils appartiennent à une terre abandonnée.
>
>Ils ne peuvent pas être considérés comme des "Jalchal" (pour prendre de l'eau).

de leurs mains pour boire est "impur", c'est un blasphème).

Le père de Nirban déclare fermement : Je ne peux pas permettre à une 'Paria' (d'origine inférieure) socialement exclue d'entrer dans ma famille".

Mais Nirban lance un ultimatum : je quitte le village avec Draupadi. Restez dans votre caste. Oubliez votre fils. A l'instant, je suis au poste".

Le père en colère s'adoucit, bien qu'à contrecœur, pour permettre au duo d'entrer dans sa famille.

Une foule immense vient les voir entrer.

Des chuchotements flottent dans l'air.

Mais aucune réception ne les attend.

Personne n'attend Draupadi pour permettre aux jeunes mariés d'accéder à un Pradip (récipient en terre contenant des bougies allumées pour saluer les nouveaux mariés) ou à un Kula, un plateau en bambou pour vanner les grains (qui fait partie des rituels).

Aucun des "eyos" (femmes ayant leur mari vivant) n'émet de "ulu" (sifflement produit par les langues en mouvement des femmes pour saluer le nouvel arrivant). Selon la tradition, la future belle-mère doit brandir un plateau de fruits et de friandises autour de la tête de la mariée, mais elle est introuvable. Pas de coup de conque pour sa venue. Les proches se tiennent à distance, inquiets et curieux. Le couple entre dans la chambre avec un silence, comme si, de la terre de crémation.

Draupadi reste sans voix.

Il n'y avait pas d'autre lumière qu'une pauvre lanterne dont la mèche brûlait faiblement sous un verre mal nettoyé.

Draupadi avait l'impression d'être seule dans une nuit noire, tandis qu'un éclair parasite venu d'un ciel étranger passait sur son visage épuisé - un visage... qui pouvait attirer les foules à distance. Un visage qui était devenu "ravissant" parmi les gars qui traquaient.

Le seul réconfort était Nirban.

Il lui a chuchoté à l'oreille : "Sois cool. Tout ira bien. Laissons la tension actuelle s'apaiser".

À peine ont-ils discuté que la mère de Nirban commence à émettre du feu :

Toi, "rakshasi" (un démon femelle, tristement célèbre pour avoir tué de nombreuses personnes et détruit la paix du foyer)...

Laissez le sang suinter de votre bouche et vous serez éliminé en une minute ! Y a-t-il quelqu'un pour mettre cette sangsue au sel ? Y a-t-il quelqu'un pour se débarrasser de cette fourmi noire ? Je ferais mieux de lui verser du poison dans la bouche !"

Draupadi, exaspérée, fixe Nirban d'un regard noir.

Nirban est resté debout comme un roc.

"Maa, inhale ou avale le poison que tu viens de vomir. Personne n'osera lui faire du mal", s'écrie Nirban, exaspéré.

Il tente alors de consoler Draupadi. "Laissez la rage de ma mère s'éteindre. Vous devez savoir que c'est un choc pour elle. Je sais, avec certitude, que vous avez une grande force de caractère. Il suffit de supporter de telles cruautés pendant quelques jours. Je sais à nouveau que vous pouvez surmonter la tempête actuelle. Essayez de sourire à tous ces coups de griffes indésirables qui vous sont adressés. Je pense qu'elle va se calmer. Ces jours sombres apporteront une lumière divine dans notre vie".

Dans cet imbroglio, les personnes à l'esprit réellement progressiste se sont portées au secours de Nirban et de Draupadi. L'un d'eux tapote légèrement les épaules de Nirban pour exprimer sa solidarité.

"Bravo ! Bravo ! Vous avez fait ce qu'un vrai héros aurait fait : vous avez parcouru un chemin qu'aucun de ces lâches n'a osé emprunter."

Un jeune homme instruit, ami de Nirban, a déclaré : "Nous vivons à l'ère des superordinateurs et de l'intelligence artificielle. Notre pays proclame fièrement que nous sommes entrés dans l'ère numérique. Comment peut-on tolérer cet état d'esprit de "caste" ? Il s'agit d'une contradiction flagrante. Allons-nous retourner dans l'Inde ancienne ?"

Un professeur âgé, connu des Chakraborty, a ajouté ses commentaires : Nos ordres sociaux sont en train de changer. Les classes dites socialement arriérées franchissent les portes des collèges et des universités. Ils sont de plus en plus nombreux à s'élever dans l'échelle.

Combien de temps, au nom de la religion et de la hiérarchie des classes, ces arriérés toléreront-ils l'oppression de la religion qui leur est infligée ? Ces personnes sont "inférieures" parce que nous les avons poussées dans l'abîme. Peut-être se lèveront-ils maintenant... un soulèvement révolutionnaire est sur le point de se produire... c'est la loi non écrite de l'histoire".

Les conservateurs purs et durs se moquent des néo-modernes : "Au diable votre histoire ! Les castes supérieures sont-elles mortes pour que les castes inférieures dansent sur leur tête ? Ainsi, le noir ne prendra pas d'autre teinte. Coupez les racines, entaillez les tiges ! Cela mettra fin à leur désir d'empiéter sur les droits d'autrui".

Les brahmanes ont peur. Elles pourraient apparaître tardivement dans le domaine de la religion pratiquée. "Ces écritures - la Bhagabat Geeta, le Ramayana et le Mahabharata - les dix-huit Puranas - sont-elles concoctées ? Elles sont tirées directement de la bouche du Seigneur de l'Univers. La division et les tâches des Chaturvaranas sont préordonnées (quatre barnas représentent quatre ordres socio-religieux : les brahmanes, les kshatriyas, les vysyas et les shudras). Les autres sont des intouchables, en dehors du tissu social. Le "barbier" est également un paria, comme le mentionnent des millions de shlokas, de couplets d'hymnes et de versets sanskrits.)

La situation s'aggrave encore.

Même les Kshatriyas (la deuxième caste supérieure) tiendraient des réunions clandestines pour se préparer à une rébellion armée des constellations de castes. Ils affûtent leurs armes pour entrer dans la mêlée, si nécessaire.

De plus, une crise grave survient comme un furoncle sur l'éléphantiasis. Les brahmanes de la racine indienne du sud viennent sur le terrain. Ils déclarent :

"Si Nirban ne chasse pas cette fille de chez lui, nous boycotterons sa famille. Nous ne boirons pas l'eau de leurs mains".

Et le dernier bloc de pouvoir, le Panchayat (administration locale) du village, ne peut pas rester aveugle à cela.

La préparation d'une guerre clandestine est en marche.

Les jours s'écoulent dans des préparatifs trépidants, des campagnes de chuchotements, même avec des armes aiguisées. Des préparatifs pour quoi ? Pour une guerre entre les brahmanes, les autres castes et les castes inférieures.

L'arbitre est choisi parmi les brahmanes conspirateurs. Leur tour d'ivoire se fissure.

À cette heure critique, le Panchayat du village est confronté à une faille, un fossé béant. Les deux parties se disputent souvent pour déclencher un affrontement.

Les barbiers craignent que Draupadi ne soit enterrée vivante par les brahmanes, tandis que les brahmanes soupçonnent Nirban d'être à nouveau kidnappé par les barbiers.

Le Brahman Mahalla affirme que "Nirban est notre garçon, notre caste".

Le barbier Mahalla déclare : Nirban est notre gendre. Il est à nous".

Les brahmanes se rendent en masse au poste de police et déposent une plainte contre les barbiers au motif que la vie de leur fils Nirban est menacée.

Les barbiers lancent un "gherao" du poste de police. "Nous voulons déposer un rapport d'information sur le fait que la vie de Draupadi est en jeu. Les brahmanes conspirent pour la tuer".

La pauvre Draupadi est humiliée, rabaissée, bousculée pour embrasser la poussière.

Draupadi se lamente : "Je suis une fille sans défense, je suis née sans défense et je mourrai sans défense".

Nirban s'empresse de répondre : "Qui le dit ? Je suis là, avec toi ! N'est-ce pas ?

Draupadi pleure en silence. Vous n'êtes pas mon garde du corps de vingt-quatre heures.

"Quelqu'un t'a fait du mal ?

"Non ! Je saigne de l'intérieur".

"Je quitterai ma famille. S'installer dans un autre".

"S'il vous plaît, non ! Ils m'ont déjà pris pour un briseur de ménage. J'ai pris leur fils par magie."

Nirban rit de la remarque et dit : "Oui, j'ai été hanté par votre magie."

"M'aimes-tu, Nirban ?"

"Question idiote".

"Je suis confus."

Demandez à la lune qui regarde par la fenêtre ouverte : "Est-ce qu'il m'aime ?"

Draupadi se sent timide, câline son Nibu, ouvre les portes de son temple.

Nirban, "Je n'avais jamais vu un dos aussi ondulé que le tien. Un diviseur si étonnant, une poitrine si pleine, si ronde, si solidement bâtie".

Il embrasse ses mamelons ; Draupadi frissonne. Elle a l'impression d'avoir eu soif pendant un million d'années. Ses yeux brillent de résignation. Son corps s'élève à partir de la courbe de sa taille fine. Les cuisses beurrées et bien bâties réclament un baiser, un massage profond et affectueux d'une main masculine rugueuse. Ses lèvres s'écartent.

Nirban devient fou avec des baisers orageux. Il mord, gratte ses seins, mord son cou magnifiquement formé.

Soudain, un chacal hurle à l'extérieur. La chouette hulule. Les serpents sifflent. Les crapauds crépitent.

Draupadi recule.

"C'est un mauvais présage, Nirban. Les dieux ont rejeté notre union".

Nirban la console, la caresse, met son nez renifleur dans son dos et lui dit : " Il n'y a rien d'inquiétant dans notre amour. Il est aussi pur que les bénédictions des dieux."

Quelques jours plus tard.

Draupadi, déterminée, entre dans la chambre de son beau-frère.

Elle se lève d'un bond : "Non, non. Sortez, sortez de la pièce."

"Pourquoi maman, suis-je sale, impur, un déchet jetable ?"

"Votre argument est astucieux, n'est-ce pas ? Pourquoi es-tu venu ici, comment oses-tu ?"

"Maman, j'ai passé mes journées sans travailler. Je ne peux pas vous aider dans les travaux domestiques ?"

"Vous ? L'intouchable fille d'un barbier ?"

"Un coiffeur est un être humain. Dieu ne l'a pas fait coiffeur. Mon professeur m'a enseigné un shloka de la Geeta :

"Chaturbarnyang maya shrishtang gunakarma bibhagasha:|

Tasya Kartaramapi mang bidwyakartaramabyayam".

Le Seigneur du monde Krishna a dit : "J'ai créé les quatre barnas du monde en fonction des travaux qui leur ont été confiés. Bien que je sois leur créateur, pensez que je suis inactif en toute considération".

Les yeux de la belle-famille sont émerveillés.

Elle a crié : "Halo, tout le monde, venez voir que ce n'est pas une femme, c'est une daan (une sorcière) envoyée par les monstres pour détruire ma famille.

"Le sourire de Draupadi a disparu. Nirban s'inquiète et l'embrasse.

Nirban : Pourquoi ne souris-tu pas ?

Draupadi sourit d'un air gêné.

Nirban : Heh ! ouvre la bouche. Ouvrez les yeux. Buvez à pleines gorgées les beautés du monde".

Draupadi : Mes yeux ont la jaunisse".

"Comment ? Ma mère t'a grondé ?

"Non ! C'est ma belle-famille. La belle-famille est la deuxième mère. Comment le pourrait-elle ?"

Nirban a compris.

"A partir d'aujourd'hui, tu iras à la cuisine. Je sais que vous êtes un excellent cuisinier. N'ai-je pas goûté au "Mutton do-pyaja" et au poulet frit ? Un jour, vous avez peut-être cuisiné du bhetki paturi (une préparation de poissons plats bhetki coupés en tranches et trempés dans de la moutarde et de la pâte de noix de coco).

Il l'entraîne dans la cuisine et demande à sa mère : "Maman, pourquoi tu ne lui demandes pas de cuisiner ? Elle est une excellente cuisinière, ...

Sa mère est restée violemment silencieuse.

"Vous pensez que je vais profaner ma cuisine ? La cuisine est un temple. Les aliments préparés sont servis aux humains, pas aux animaux. Une fille de mauvais sang, une fille dont les parents ont été sous nos pieds pendant des siècles, va entrer dans la cuisine de notre famille ? Si elle cuisine, personne ne touchera à la nourriture, c'est clair ?"

"C'est votre unique caste-manie". D'accord. Il suffit de me soustraire des humains de votre famille. Je ne vivrai pas dans votre sainte famille pour la rendre impie."

Il entraîne Draupadi dans leur chambre, dans une hâte dégoûtée. Cette nuit-là, Draupadi dirigea ses yeux vers une demi-lune lointaine, et la lune s'approcha. La lune lui a demandé "pourquoi es-tu si pâle ?". Nirban pose la même question.

"J'ai oublié depuis longtemps d'avoir l'air brillant, ma chère." Draupadi dit avec remords :

"Draupadi, je sens ta souffrance, je sens que tu as brûlé intérieurement. Donnez-moi une semaine, je me prépare à une réduction des effectifs".

Draupadi écoute calmement, mais ne répond pas.

Vous avez donc cessé de parler ?

"Je suis vidé, Nirban. J'ai besoin d'un peu de temps pour me reposer."

"Va dans ta chambre, dors un peu. Je reviendrais juste d'une promenade".

Lorsqu'il revient, c'est en fin d'après-midi.

Il se précipite vers la porte de la cuisine. H n'a pas encore pris son déjeuner.

Donnez-moi vite mon déjeuner.

Il accélérait le pas mais, voyant quelque chose, il s'arrêta soudain. Dans le couloir menant à la cuisine, où leur chat bulli et leur chien gaurab reçoivent des plateaux de nourriture, à côté d'eux, une misérable

Draupadi a reçu de la nourriture sur un plateau décoloré de Laopaola et on la voit plonger ses doigts dans du "pantabhat" (riz conservé dans l'eau pendant des heures pour être fermenté) et des chips frites qui sont éparpillés.

Il est entré dans un champ de tir.

"Ma-a-a ?"

Sa mère est sortie. Pourquoi crier ?

"Draupadi est-elle un chien ou un chat ?

Draupadi tente de l'arrêter. Mais il a échoué.

"Je vous le demande, est-elle un être humain ?"

"Ne créez pas de drame. Je te donne juste ton déjeuner".

"Je ne demande pas mon déjeuner. Je demande qui a donné ce plateau à Draupadi, ce qui était destiné à Gaurab."

"Peut-être la bonne".

"Demandez-lui ici."

Son père s'empresse alors de faire face à Nirban. "Cool Nib, elle l'a peut-être fait par erreur."

"Ce n'est pas une erreur, papa. Maman l'a fait délibérément pour l'humilier".

Le père de Nirban répondit sèchement : "Sais-tu quelle humiliation elle (Draupadi) nous a infligée ?"

"Elle n'a rien fait de tel. Si vous accusez quelqu'un, vous pouvez m'accuser. Ne portez pas la moindre accusation contre elle. J'ai moi-même franchi les portes de son père ! Elle n'en avait pas après moi !"

"Huh ! Un brahmane va chez un barbier et le supplie ?"

"Il n'y a rien de mal à mendier les mains d'une mariée parfaite."

"Vous avez jeté l'opprobre sur le visage de quatorze générations d'une famille brahmanique. Tu nous fais honte !"

"Mon cher père, je vous respecte. Mais ne soyez pas l'imbécile d'un pandit, du sombre Moyen-Âge."

La mère de Nirban se joint à la querelle. "Comment osez-vous ? Un fils de brahmane éduqué, un étudiant brillant qui prépare son MBA, est fou de rage après une fille coiffeuse et il lance des piques à son propre père ! Allez vous promener dans le mahalla et écoutez comment les gens se moquent de nous. Notre brahmanisme est taché par toi, mon garçon !"

"Maa, pourriez-vous me dire à quel clan de brahmanes vous appartenez ?

"Nibu, ne dépasse pas tes limites."

"Réponds-moi, mon père Pandit, tu as pas moins de huit cents clans de brahmanes. De quel clan êtes-vous ? Rarhi ? Varendra ? Shakadwipi ? Kanouji ? Dakshini", "Utkal", "Kulin", "Bhanga Kulin", "Saraswata", "Shrotriya", "Agradani" ou "Bhat", les shudras parmi les Brrahmanas ?

"Arrête cette fusillade, fiston. Nous sommes des brahmanes Kulin, l'ordre le plus élevé de l'ordre le plus élevé".

"Alors où sont tes neuf qualités, celles d'un Kulin Brahman ? L'accomplissement de rituels réguliers, la modestie, la connaissance, l'élévation sociale, le pèlerinage, le dévouement, la méditation et la charité...".

Tout le monde a commencé à s'intéresser à la famille Chakraborty. Ils sont intéressés par ce délicieux échange de feux. Nirban ne s'arrête pas. Il va jusqu'à l'extrême. Draupadi ne parvient pas à le calmer.

"Comment pouvez-vous vous qualifier de Brahman ? Le brahmanisme ne peut jamais être transmis à la descendance. Vos ancêtres étaient des brahmanes par qualité. Le brahmanisme n'est pas héréditaire, mon savant père. Elle a été obtenue par la qualité, et non par la naissance. Seul l'empereur Lakshman Sen l'a rendu "héréditaire" parce qu'il était confronté à une crise sociale. Par quel critère es-tu différent des autres ?" Comment pouvez-vous prétendre être un élu, un sang pur, un descendant des rishis ?"

La colère éclate sur le visage de son père.

Il entre dans une rage foudroyante.

"Toi, bourdon ingrat, nous sommes des brahmanes, depuis des temps immémoriaux. Nous descendons de Rishi Bharadwaj. Nous avions été pris en haute estime. Vous, les soi-disant arrivistes modernes, vous essayez de dénigrer la lignée ?"

Cher papa, as-tu oublié ce que tes écritures nous ont laissé - les "shlokas" (hymnes à Dieu) ? Ensuite, écoutez,

"Padapracharoistanu barna keshoi

Sukhen dukheno cho, shonitena

Jwang masamedohsthirasoi samana

Skhatu : praveda hi Kathang bhabanti..."

Ni la couleur, ni les arguments, ni même l'apparence physique, ni le ventre de la mère, ni l'art oratoire, ni l'intellect, ni la capacité de travail, ni les sens, ni l'espérance de vie, ni la force, ni la religion, ni la richesse, ni les maladies, ni les médicaments, ni aucune spécialité liée à une caste, ni aucune disparité entre les humains."

Draupadi, qui a vainement tenté de le dissuader d'argumenter contre son père, s'évanouit. Et la querelle cesse, temporairement.

Pendant ce temps, le père de Draupadi, Kishorimohan Pramanick, se rend à la police locale pour demander un rapport d'enquête.

Il a appris par des témoins oculaires que le père de Nirban, Krishnakishore Chakraborty, avait engagé des inconnus. Des messagers se précipitent vers lui : Allez au commissariat !

Les mains croisées, le père Kishorimohan, en pleurs, demande à l'officier de le laisser s'asseoir sur une chaise.

L'officier ne répond pas. Il est au téléphone.

Kishorimohan Pramanick, avec quelques garçons de sa localité, reste sans surveillance pendant un certain temps. Il perd patience.

Monsieur, prêtez-moi vos oreilles, s'il vous plaît.

L'officier maintient le combiné sur le berceau et crie : "Quel 'Rajkarya' (travail de nature royale) vous a amené ici ?"

"Monsieur, je souhaite déposer un rapport d'information. C'est urgent. Tu étais occupé à répondre au téléphone, tu n'as pas répondu à ma prière... ?"

"Alors ? Vous savez, il s'agissait d'un appel important d'une famille respectable demandant l'aide de la police ? Nous devons nous rendre sur place pour une enquête. D'où venez-vous ?"

Depuis le village de Gourharipur.

"Ce point sensible ? Toujours un problème, toujours un conflit, toujours des bagarres entre mahallas, toujours des dadas politiques qui apparaissent sur la scène comme des messies ? Alors, qu'est-ce qu'on fait ici ?"

"Monsieur, écoutez s'il vous plaît

Vite... (Il arrache le papier contenant une demande de RIF et jette un coup d'œil rapide. Son visage change de couleur.)

"Oh mon Dieu, c'est vous le coupable ?"

"Monsieur, je suis venu ici pour déposer mon FIR, combien de fois dois-je répéter ?"

Le ton de sa voix surprend l'officier. Il se calme et demande à Kishorimohan de s'asseoir sur la chaise. Ses camarades le regardent avec circonspection. "Vous êtes venus ici pour semer la zizanie ? Qui est le dada (grand patron) derrière vous ?"

"Nous sommes arrivés par nos propres moyens. Personne n'en est à l'origine (montrant Kishori). C'est un pauvre barbier, avec une petite propriété foncière et un service social traditionnel dans le village", a répondu un jeune homme accompagnant Kishori.

L'officier (à Kishori) "Tu es ma cible ! Le fait que vous soyez ici a réduit de moitié la peine que j'allais me donner pour faire une enquête et des recherches !"

"Quelle cible, Monsieur ? Je ne peux pas suivre."

"Vous avez enlevé le fils unique des Chakraborty et l'avez assigné à résidence ?

"Le contraire. Il a engagé et incité une bande de voyous à mettre fin à la vie de ma fille".

"Patience ! Qui est votre fille ? Quelle est sa relation avec les Chakrabortys ?"

Nirban Chakraborty, le fils de Brahmabandhu Chakraborty, est mon gendre. Il a épousé ma fille, Draupadi.

"Et cela est dûment enregistré au tribunal... ? L'officier avait des yeux étranges. Ils se sont plaints que vous avez attiré leur fils pour qu'il courtise votre fille et que vous l'avez forcé à l'épouser ? Il lui lance un regard d'avertissement.

"Son fils est venu demander la main de ma fille, et ce n'est pas ma fille qui l'a demandé."

"Qu'est-ce que c'est ? Le fils du célèbre Chakraborty, un homme très instruit, a demandé la main de la fille d'un barbier ? C'est une histoire un peu fantaisiste que vous avez concoctée. La fille d'un coiffeur avec un Brahmane Chakraborty ? Connaissez-vous la signification de Chakraborty - le roi de tous les brahmanes environnants. Je suis moi-même un Chakraborty, d'une origine plus élevée. Dois-je faire une demande en mariage à un coiffeur ? Êtes-vous sain d'esprit ?"

"Je suis en pleine possession de mes moyens. Ma fille a été emmenée chez son beau-père par son mari. Elle est déjà là. Sa vie est en danger. Ils peuvent la torturer, voire conspirer pour la tuer".

"Stop ! Il s'agit d'un complot de votre part. Vous êtes avide d'avoir un gendre brahmane. Hé, écoutez, il y a une différence de ciel et d'enfer entre un barbier et un brahmane. Cela ne peut pas durer longtemps. Demandez à votre fille de signer un document de divorce, si vous voulez la sortir d'une situation compliquée. Nous ne sommes pas préparés à essuyer l'incendie qui engloutira non seulement un village, mais plusieurs autres. Il y aura une guerre communautaire. Qui les affrontera ? Nous ne disposons pas de forces suffisantes pour réprimer la rébellion".

"Monsieur, s'il vous plaît, Monsieur !"

"Je ne vais pas faire déposer votre FIR. Laissez tomber."

Le pauvre père et ses camarades s'apprêtent à partir lorsqu'un gendarme chuchote à l'oreille de l'officier.

"Monsieur, il doit y avoir un vétéran derrière leur revendication. Il est possible qu'ils envoient le FIR, par courrier recommandé, au superintendant de la police. Je vous suggère de prendre le FIR, de l'enregistrer dans votre livre mais de ne pas mentionner le nom de l'accusé supposé. J'engage ces personnes dans ma démarche de sympathie. Dans l'intervalle, vous le conservez signé par eux. Le nom de B.B. Chakraborty peut être effacé en utilisant un produit chimique que nous possédons".

"C'est exact. Le serpent mourra mais le bâton, lui, restera intact !"

L'officier fait déposer le FIR.

Le gendarme s'affaire à parler de l'inquiétude du pauvre père. Il leur dit : "Calmez-vous, aujourd'hui ces mariages entre castes augmentent à pas de géant. La loi est devenue plus sévère pour les castes inférieures et les exclus de la société. Au début, ils ne pouvaient pas vivre dans les villes ou les villages, ils devaient vivre en dehors des villes et des villages. Mais aujourd'hui, ils appartiennent à la société en vertu de leurs droits de citoyens. Détendez-vous, tout va s'arranger. Nous sommes là pour vous."

Quelques jours plus tard, un nouveau drame s'est joué sur la scène troublée du village.

Les chagrins de Draupadi étaient sur le point de se tarir. Elle a essayé frénétiquement d'apaiser sa belle-mère. Bien que la belle-famille ait montré un visage cruel, Draupadi l'a entendue dire parmi les membres de la famille :

"Personne ne peut changer ce que les dieux ont décidé pour nous. Je reconnais que la jeune fille est d'une basse caste, mais en même temps, j'avoue que personne ne peut croire qu'elle est issue d'une famille de barbiers. Elle peut rivaliser avec les filles des familles de brahmanes barnahindu. La lune pourrait avoir une tare, mais elle n'en a pas. Aussi clair que les Sahibs (d'origine européenne), le visage est d'une beauté authentique, d'une séduction ravissante, les mains sont droites, les doigts en forme d'ocra, la taille fine, les cuisses comme celles de la déesse Lakshmi...".

Sa description a été interrompue. Chakraborty, toujours en colère, est arrivé accompagné de quelques inconnus en guenilles et est entré dans la salle d'étude. Les portes se sont refermées.

Binodini, la mère, a senti le danger.

dit-elle à ses auditeurs : Faites vos valises. Nous en reparlerons plus tard.

La nuit est fraîche, sur cette terre lointaine. Draupadi se promène comme une fée. Elle émet des parfums comme un arbre en fleurs.

Elle a maintenant le temps de prendre l'avion pour retourner dans sa petite maison au toit de chaume. L'arbre Arjun (terminalia Arjuna) se ramifie pour lui parler : "Draupadi, comment vas-tu ?".

Elle caresse la branche et murmure : "Je vais bien. Ne vous inquiétez pas.

La lune qui perce berce les grappes de bambous, "ma fille moine, encore plus belle qu'avant, je suppose ?".

Draupadi se dérobe. Ses joues deviennent plus brillantes qu'auparavant.

"Hubby aime comme un océan, je suppose ?"

Draupadi se dérobe à nouveau. "C'est un homme aimant.

Le ciel descend pour demander : "Hé, Draupadi, as-tu oublié les rêves que tu avais, pour un vol vers les étoiles ?

Non, non. Je déploierai mes ailes peu après."

"Tu es réveillé ?" Nirban lui donne une légère secousse.

"Oui, vous ?"

(silence)

"Nous sommes face à une tempête, n'est-ce pas ?"

"C'est cool si tu es avec moi."

"Parfois, la situation s'aggrave tellement qu'elle défie les prouesses individuelles pour la calmer. Je sais que tu te retrouves dans une mer de chagrin".

"Tu es épuisée, Nibu ? Essayez de dormir profondément. Elle se hisse sur Nirban, pose ses seins fertiles sur sa poitrine et l'embrasse sur le front. Nirban lui met les mains autour de la taille, l'arrête complètement et continue à l'embrasser lentement, en déversant le feu qu'il a, comme par tranches.

"Contrarié par ma conduite ?"

"Pas du tout".

"Ils mèneront une guerre prolongée, Nibu. Je n'ai pas le même niveau d'éducation que vous, mais je peux comprendre que les stigmates culturels séculaires ne peuvent pas être effacés si facilement." Elle passe ses doigts sur Nirban. Nirban sourit, dans l'obscurité, il voit ... Draupadi qui voltige dans une faible obscurité, Draupadi remue la queue comme une luciole.

Un drame différent dans un foyer du village de Harishchandrapur.

Les Bhattacharyas sont très influents dans le village. Un honneur séculaire, une vaste propriété foncière et une énorme richesse tirée d'une entreprise d'engrais ont fait d'eux un bloc puissant. Le fils aîné de la famille Bhattacharya, Shambhunath, est professeur d'histoire dans un collège voisin.

On voit alors Shambhunath se disputer furieusement avec sa femme Parbati, qui se trouve être la fille du père de Nirban, Krishnakishore Chakraborty, le brahmane agité. Le fait que Nirban ait commis un crime odieux - celui d'épouser une fille de barbier - est évidemment un obstacle à leur position hiérarchique.

Le visage de Shambhunath affiche une exclamation ardente de colère et de dédain. Il crache sa rage sans retenue. Il a forcé sa femme Parbati à sortir et à se tenir debout dans la cour, la tête baissée. Les autres jours, on la voyait porter son couvre-chef, sa voix étant aussi basse que celle d'un petit oiseau - elle était aussi fraîche qu'un concombre. Elle ne montrera jamais son vrai visage devant les anciens. C'était une coutume, une marque de respect envers les anciens. Mais aujourd'hui, son couvre-chef est tombé sur ses épaules, son saree coloré s'est rétréci çà et là, pour n'être plus qu'un amas de tissu, autrefois riche et brillant.

Elle est là, debout, sa quasi-crucifixion se poursuit, les yeux aussi vides que l'espace.

Elle est maintenant honteusement pauvre - pauvre pour l'acte immoral que son frère a commis.

Elle jette son regard sur la terre, comme un lubber.

Shambhu, son mari, essaie de la mordre avec ses giboulées les mieux choisies.

"Nous sommes heureux de savoir que nous avons découvert un membre de notre famille chez un barbier."

La réponse de Parbati est vive.

"Pourquoi me fouettez-vous pour un acte de mon frère ?"

"Oui, ton frère a apporté la gloire à la famille de mon beau-père !"

"Donc, vous n'accusez pas tous les membres de la famille ?"

"Racine, madame. Si la racine est pourrie, qu'en est-il de notre relation ?"

Le beau-père de Parbati apparaît avec sa langue acérée.

"Notre bouma est connue pour son sang-froid, sa courtoisie et ses manières. Comment se fait-il qu'elle s'exprime maintenant pour défendre un acte scandaleux ? Ne sait-elle pas que notre famille descend du grand Rishi, Atri ?"

Shambhunath s'empresse d'ajouter : Papa, elle a été promue au rang de "Barber-Chakraborty", une nouvelle caste de haute origine.

La réplique cinglante de Parboti : "N'est-il pas surprenant qu'un professeur qui enseigne l'histoire soit si peu historique ?".

"Comment oses-tu ?

"Mon cher mari, connais-toi toi-même. Une mauvaise connaissance d'un professeur engendre une mauvaise génération de chercheurs de connaissances. Je l'ose parce que j'ai senti qu'il devrait y avoir une limite à la suppression des femmes".

"Papa, regarde ce qu'elle est ! Elle dormait comme un serpent en hiver. Vous aviez tous fait l'éloge de sa tendresse, de sa souplesse et de son respect ! Voyez la marque de respect !"

"Respect ? Est-ce que vous et votre famille m'avez respecté ? J'avais eu une saga de répression sur les hommes. Je n'ai pas ouvert la bouche. En tant que telle, j'ai été une bonne belle-fille. J'ai été enchaîné par vos coutumes. La quantité de choses à faire et à ne pas faire m'a pratiquement rendu fou. Il ne faut pas vendre la mèche".

Le visage de Shambhu est aussi dur qu'une pierre.

Il a crié : "Arrêtez ! Les femmes ne devraient avoir qu'une seule langue. Une seule langue suffit pour une femme. Vous comprenez ?"

Cher professeur, l'ère du "sutee" est révolue. Vous ne pouvez pas me renvoyer au Moyen-Âge".

"Heh ! Vous voulez être un "Charbaka" ?

"J'aimerais bien le vouloir."

"Vous, l'athée qui se cache dans ma famille ?"

"Qu'y a-t-il de mal à être athée ? Il s'agit également d'une foi. Je pense que les Charbakas ont été de véritables révolutionnaires qui ont mis en évidence la fausseté des soi-disant brahmanes".

"Le père de Shambhu avait un dédain délicat, "nous aurions dû détecter ce serpent venimeux".

"Shambhu, aveugle de rage, fit jaillir une explosion. Nous savons comment extraire le venin de son croc".

Parbati, avec une ironie incroyable, a demandé : "L'avez-vous fait lorsque votre propre sœur s'est enfuie avec son fiancé, qui appartenait à une "caste inférieure" ? Oui, le seul héroïsme dont vous avez fait preuve a été de maîtriser le garçon, d'arracher votre sœur à ses "griffes" et de la marier de force à un Brahmane. Mais peut-on dire qu'elle est heureuse aujourd'hui ? Cher brahmane, vous ne pouvez pas tuer de force une femme pour qu'elle soit "sutee" dans le bûcher de son mari. Ne crachez pas, car les expectorations pourraient retomber sur vos propres épaules".

Les beaux-parents étaient furieux, mais leur réaction n'a pas dépassé le cadre de leur cour et s'est manifestée dans la rue. Plus leurs accusations sont nombreuses, plus le couvercle de leur boîte de conserve risque de s'ouvrir.

Mais la colère de Shambhu a fait de lui un démon. Il a immédiatement saisi les mains de Parbati, l'a traînée jusqu'à l'entrée et la porte principale de leur maison, où une foule curieuse et avide de scandale s'était déjà rassemblée, pour la pousser dans la rue, bien qu'il ait dû s'arrêter. Ses parents sont intervenus. Ils ont fermé la porte principale et Shambhu, rouge comme le feu, l'a traînée jusqu'à la maison pour la jeter sur son lit. Parbati s'est sauvée d'une chute et a dit tranquillement : "Une fois, j'ai eu un professeur qui m'a impressionnée par son enseignement et sa charmante personnalité. J'ai respecté un professeur brillant, ouvert d'esprit, j'ai respecté un professeur dont l'enseignement brillant a rendu le passé de l'Inde glorieusement vivant ; j'ai respecté un professeur qui a parlé de la gloire de l'assimilation - des différentes croyances religieuses au cours des siècles passés ; j'ai commencé à aimer un professeur qui a explosé contre la pratique maléfique du 'sutee' et d'autres humiliations des femmes ; j'ai aimé et épousé mon 'idéal' mais je ne savais pas qu'un jour, il me chasserait".

"OK ! C'est bien que je sois sorti."

J'ai honte, j'ai eu un amour sans critique. J'ai honte d'avoir conservé mon amour et mon respect pour un mauvais homme. J'ai honte, j'ai mené une vie de quelques mois avec un mauvais homme."

Vous vouliez donc me chasser, n'est-ce pas ? OK. Aujourd'hui, je pars de moi-même. Ouvrez la porte et laissez-moi sortir. La foule s'est dispersée. Vous n'avez pas à vous inquiéter."

"Elle est sur le point de se diriger vers la porte tandis que Shambhu se dresse comme un rocher sur son chemin.

"Non, tu ne peux pas."

"Je peux. C'est mon droit".

Le beau-père se situe entre les deux.

"Quoi qu'il en soit, cela s'est produit sous l'impulsion du moment. Vous devez garder à l'esprit l'honneur et la réputation de cette famille. Revenez, allez dans votre chambre...

"J'ai dit que j'avais perdu toutes mes illusions. Je ne reviendrai pas dans une famille d'hypocrites !" a répondu Parboti.

Shambhu lui donne une gifle sur la joue.

Parbati, un instant déconcertée, s'écrie :

"Fie-toi ! Un professeur frappe sa propre femme ! D'accord, j'appelle les gens de mon quartier pour leur dire ce qu'il en est ? Vous feront-ils honneur ?"

Shambhu a crié, "Va, et demande leur sympathie ! Vous n'aurez personne avec vous.

"Mais la loi ? La Cour ? Comment allez-vous vous libérer ?"

La belle-mère s'écrie. S'il vous plaît, ne traînez pas cette affaire familiale devant le tribunal, revenez s'il vous plaît1

Je ne peux pas revenir. Mes rêves ont été brisés.

Shambhu la harcèle encore.

"Ok, une fois que tu sors, tu sors pour toujours !"

"Oui, sortir n'est pas un problème pour vous, monsieur le professeur, rompre toute relation n'est pas un problème pour vous, monsieur le machiste. L'amour, l'affection et le respect n'ont pas d'importance pour vous, Monsieur Brahman - la seule chose qui compte, c'est la pureté de la caste ! Cher professeur, je suis également candidat au doctorat ; j'ai étudié pour savoir que ce système de castes, cette division des "Barnas" ont divisé notre société. Il n'y a pas de vérité mais un faisceau de mensonges dont vous héritez en tant que vérité - vous les brahmanes ! Malheureusement, j'appartiens à cette caste ! Il faudra que je l'expie. Maintenant, laissez-moi partir ! Sinon, je vais créer un tollé et dire à tout le monde comment vous m'avez torturé. Nous disposons de lois strictes contre la torture des femmes. S'il vous plaît, entrez et laissez-moi sortir !"

Lorsque le matin est arrivé et que le temps s'est amélioré, le village de Gourharipur a vu un nouveau dharma.

Nirban dormait encore.

Draupadi vient de se rendre dans la salle de bains pour prendre un bain.

Soudain, il y eut un échange de mots hilarant, des fragments d'amusement et d'ébats, des coups de briques et des slogans, juste devant la maison Chakraborty.

Puis on a entendu un grand coup sur la porte d'entrée. Inhabituel en ce début de matinée.

Nirban se réveille et ouvre la porte.

La première question posée par la foule était :

"Hé Nirban, où est ton rasoir ? (Cela représentait une grave humiliation pour un brahmane. Le rasoir est un symbole de caste des barbiers.)

La réponse de Nirban est choquante. "Vous vous moquez de moi ?"

À peine a-t-il obtenu la réponse qu'une autre question surgit :

"Nous sommes huit personnes à faire la queue. Envie de se faire raser. Où est ton rasoir ?"

D'autres ont failli créer une bagarre : Nous irons chez le coiffeur. Où est votre rasoir ?

Tout à coup, la foule s'est divisée et a fait place à deux personnes portant d'énormes conteneurs remplis de rosgullas (une sucrerie préférée faite de lait malaxé pressé dans une pâte avec du sucre, le processus de fabrication de la rosgulla exigeant un art complexe).

"Hallo. Nirban, tu dois porter ces deux-là à la maison de ma fille à Ahmedpur. Ils organisent une cérémonie de dégustation d'aliments pour ma fille enceinte. Ils sont très riches et vous donneront de bons pourboires. (Ils frappaient en dessous de la ceinture. Il s'agit également d'un service social rendu par le barbier aux castes supérieures.)

Nirban se tenait comme un arbre, sans jamais rien commenter.

Une dame est venue. "Où est ta mère ? Toutes les filles de ma famille attendent de se colorer les pieds et les doigts avec de l'ALTA (un liquide chimique de couleur rouge, que les jeunes femmes et les jeunes mariées prennent pour se colorer les pieds lors des occasions festives). L'acte de coloration effectué par une femme barbier, en tant que service social traditionnel, bien qu'aujourd'hui obsolète).

Nirban, abattu par l'humiliation de sa mère, s'agite.

"Écoutez tous, si vous voulez m'humilier, allez-y. Mais ne pointe jamais ton vilain doigt vers ma mère. Elle n'a rien commis qui puisse porter atteinte à l'honneur de cette famille. Je l'ai fait. Je suis le fils de votre village. J'ai épousé une fille de village dite de basse caste. Je suis votre voisin, vous m'avez vu grandir, être éduqué. J'ai toujours côtoyé des gars du coin comme mes amis et mes frères. Tout le monde a été respecté. Je n'ai jamais humilié quelqu'un parce qu'il appartenait à une caste inférieure. J'ai étudié les Shastras (Écritures) où la démarcation des castes a été discutée, critiquée, analysée et a fait l'objet de débats. Je peux vous montrer que beaucoup de vos dieux ont épousé des gens de basse caste, que beaucoup étaient avides de jeunes filles de basse caste, que beaucoup avaient besoin de jeunes filles de basse caste comme ils avaient besoin de compagnes dans leur austère culte de Dieu".

Il poursuit . "Qu'en est-il du célèbre Sage Bashistha et de sa lignée ? Combien d'entre vous ont lu le nom de son petit-fils Parashar ? Ce Parashar est le père du grand "Krishnadwaipayana Vedavyas", le célèbre diviseur des Védas et l'auteur de tous les Puranas et de la grande épopée du Mahabharata. Comment est né ce Vedavyas ? De qui ? Ce sage brahmane était épris de la fille d'un pêcheur, Matsyagandha, et exigeait l'amour d'une pêcheuse ! Qu'en est-il de votre brahmanisme ? Qu'en est-il de votre Seigneur Sri Krishna ? Où a-t-il trouvé ses seize mille cent épouses ? Étaient-ils tous des brahmanes ? Non. Ils ont juste été chassés par des clans différents. Non, ce ne sont pas ses femmes. Ils ont été enlevés dans différentes provinces. Pensez-vous que je mente ? Lisez le 'Bishnupurana'".

La foule s'est calmée. Les brahmanes qui s'étaient rassemblés quittèrent les lieux, vaincus, mais leur colère ne fut pas apaisée. D'autres personnes en liesse, qui ignoraient tout des Écritures mais voulaient quand même partager la joie brute de l'excitation et des cris de groupe, sont parties en balbutiant : "Pourquoi sommes-nous venus ici ? Que la bataille soit l'affaire du seul Brahmane. Pourquoi devrions-nous être entre les deux ? Nous ne devons pas être le morceau d'os dans un kebab lisse". La foule s'amenuise.

Draupadi reste muette. Elle n'avait aucun rôle à jouer dans ce drame.

Il s'en est suivi une série de pleurs. Des pleurs en couplets rimés, comme le veut la tradition du village.

Il vient de la mère de Nirban.

Elle pleurait sans cesse.

"Oh ! Quel "rakshashi" (un démon femelle) est entré dans ma famille, Oh, Seigneur ! Notre honneur a disparu, notre réputation a diminué, notre foyer a été transformé en crématorium, et ceci est un cadeau de mon fils unique, que nous avons élevé, nourri et rendu érudit. Un cadeau d'érudit ! Oh mon Dieu, pourquoi vivons-nous encore sous le ciel ? Nous aurions dû avaler du poison et mourir".

Nirban était aussi cool que n'importe quoi d'autre. Il a dit, d'un ton sombre et autoritaire, qu'il était sûr de lui.

"Tu aurais plutôt pu donner à mes lèvres quelques gouttes de poison, ce qui t'aurait épargné tous les ennuis. C'est le cadeau d'un non-brahmane !"

"Nibu ! C'est une cruauté de votre part envers vos parents" ? "Tu es un fils ingrat. Vous n'êtes pas un être humain. Le Gayatri Mantra que nous enseignons n'a aucune signification. Votre fil sacré a été profané par le contact d'une fille de basse caste. Vous avez jeté l'opprobre sur notre visage. Votre acte immoral a semé le trouble non seulement dans notre village, mais aussi dans les villages voisins. Le Haat (marché) hebdomadaire, le bazar, partout les gens sont devenus joyeux, les ragots volent plus vite que le vent".

"Patience, maa. Je comprends, je suis le seul responsable de tout cela. Un proverbe dit : "Mieux vaut une étable vide que d'y élever une vache malhonnête". Laissez-moi parcourir mon propre chemin pour que vous puissiez vivre en paix. Je ne suis pas avide de votre richesse, de vos ornements, de vos propriétés foncières et de votre clientèle de Yajmans (pour lesquels le brahmane doit offrir des puja, organiser des rituels et des Yagnas (culte du feu) et gagner une belle somme d'argent). Je déclare que je ne suis pas un brahmane au point de haïr les autres castes. Je pense que nous avons le même sang, les mêmes caractéristiques physiques, les mêmes sentiments et la même espérance de vie. Nous mangeons, dormons, avons des illusions, marchons sur la route, assistons à des festivités, interagissons socialement avec nos proches de la même manière. Il est certain que d'autres castes inférieures ne se nourrissent pas comme les animaux dans les prairies, peut-être parce qu'elles ne sont pas assez riches pour porter des robes coûteuses, utiliser des parfums, dépenser pour le luxe, acheter des désinfectants pour maintenir la propreté comme les hauts fonctionnaires ou les brahmanes. Vous avez votre fil sacré, votre "ghanta" ou cloche et votre arme mortelle, le mantra, les écritures, avec les mystérieuses histoires de paradis et d'enfer que vous avez concoctées. Ils ont leur propre façon de gagner de l'argent, une façon qui leur a été imposée par vous. Ils sont également co-partageurs de votre manuel de rituels parce que vous leur avez imposé toutes ces ordures".

Sa voix s'est épaissie.

Ainsi, à partir d'aujourd'hui, je renonce à mon "brahmanatwa" (brahmanisme) et je deviens seulement un humain, un descendant de l'Homo Sapiens. (La mère hurle presque à cet acte. Le père crie)

C'est ici que je garde le fil sacré sous votre protection. Prends ce que tu m'as donné une fois le jour de l'Upanayan ou le jour du port du fil sacré.

"H!h, écoutez, Oh, les dieux, ne voyez-vous pas, quel sacrilège c'est ?" Elle retourne dans sa cuisine en se pavanant.

Draupadi, qui était restée figée, ouvrit la bouche :

"Nibu, je ferais mieux de partir."

"Draupadi, s'il te plaît, ne prononce pas de telles paroles.

Ce n'est pas un déchet Nibu. J'ai été transformé en mannequin impie dans votre famille. "Pour moi, votre maison est aussi devenue un enfer. Pour moi, tout ce qui est sacré dans votre famille est profané. Pour moi, le mal ou 'amangal' a étendu ses crocs sur votre famille".

"Dans mon imagination la plus folle, je ne peux pas croire à de telles vilenies injustes à votre égard", gémit Nirban.

"Je sais, cette sorcière a possédé mon unique enfant. Il ne voulait pas la laisser partir".

Nirban s'enflamme. "Maa, s'il te plaît, ne rends pas ta langue sale ! Vous n'aurez plus de problème à l'avenir. Seulement cette nuit. Cette nuit ! J'emporterai toutes les saletés avec moi. À partir de demain, si tu vois Draupadi, tu lui jettes un sort."

Ce soir, le vent du sud a soufflé doucement. Des mots de tristesse s'insinuent dans la petite pièce où Draupadi vient de s'allonger. Les bambous, les manguiers, les confiseurs, les jacquiers, les arbres Arjuna, Shirish et Neem se sont tous penchés pour écouter ce qui se préparait dans l'esprit de Draupadi. Ce soir, Draupadi n'avait plus de mots, plus de rimes, plus de couplets des chants d'amour et d'adoration vaishnabites si chers qu'elle pouvait chanter auparavant. L'obscurité s'est installée sur la pointe des pieds. Le visage de sa mère infortunée s'agrandit :

"Maman, es-tu heureuse ?"

"Oui maman, je le suis".

Le visage inquiet de son père se dessine :

"Ma, (ma fille) t'ont-ils piquée, taquinée, raillée, tourmentée ?"

"Non, papa. Ce sont de vrais brahmanes, comme les dieux".

Il y a une rumeur qui flotte dans l'air - ils ne vous ont pas permis d'entrer dans le salon, la salle de séjour et la cuisine ?

"Non papa, ça va. Je dors dans ma chambre, spacieuse et bien décorée".

"Comment va mon damad (gendre) ?

"Eh bien, très bien. Il est vraiment un être humain idéal. Un cœur courageux, un homme d'éducation".

"Dors, maman. J'espère que vous vous adapterez et que vous vous assimilerez à eux. J'espère que vous gagnerez leurs sourires".

Le lendemain matin, alors que Nirban se prépare à partir, sa mère se précipite vers lui.

"Khoka ! (Mon cher fils) ne laisse pas ces personnes âgées en plan".

"C'est étrange", a répondu Nirban, "ça me donne envie de partir et en même temps ça m'en empêche...".

"Khoka, tu es l'ancre de drap de ma famille."

"Faux, maa. Vous avez l'argent, l'influence et la hiérarchie des castes. Je ne suis pas une entité. En même temps un non-Brahman. J'ai profané l'hymne sacré, le 'Gayatrimantra'".

"Puttar (mon fils), ce que j'ai dit, je l'ai dit sous le coup de la colère.

"Ce que tu as dit est vrai, maa. Pour être fidèle à vos paroles, je dois partir."

"Puttar, ne discute pas avec ta propre mère. C'est elle qui t'a élevé, qui a fait de toi ce que tu es aujourd'hui".

"Admets-le, maa. C'est la loi de la nature. Dites-moi maintenant comment je peux compenser cela ? Je sais que les dettes envers les parents ne peuvent pas être compensées..."

"Le père de Nirban, désireux de participer, a déclaré : "Je suis un homme malade. Si vous nous quittez, il n'y aura plus personne pour s'occuper de ce duo."

"Pourquoi papa, il y aura tes amis politiques, les bureaucrates, les ministres et les voisins brahmanes, ton propre peuple !"

"Vous me frappez en dessous de la ceinture. Babu, les arguments ne peuvent résoudre aucun problème. L'adaptation des patients peut résoudre ce problème".

"Une prise de conscience trop tardive. Un brahmane a toujours fait en sorte que les autres lui soient soumis. Il avait toujours été le plus sage, ayant gardé toutes les connaissances de l'univers sous clé".

"Ne discutez pas avec vos supérieurs."

"Parce que vous n'êtes pas sûr de vos arguments. Voici le secret. C'est ce secret qui a poussé le Rishi 'Yagnabalkya' (un ancien Rishi, possédant un vaste savoir, comme le racontent les Shastras) à dissuader Gargi, le grand érudit, de poser d'autres questions. Il a menacé Gargi : "si tu continues, le ciel te tombera sur la tête".

"Khoka, n'ayez pas l'impudence de contrarier votre père de cette manière. Soyez avec nous, vivez avec nous en paix. Ne partez pas, je vous en prie... ?"

"OK. Je ne partirai pas si tu acceptes Draupadi comme belle-fille."

"Cela ne pourra jamais être le cas, tant que je vivrai dans ce monde", jura le père de Nirban.

"Ecoute, je ne pourrai jamais être ton fils, tant que je vivrai... !"

Draupadi intervient.

"Nibu, tu peux être - si seulement je cesse d'être ta femme, n'est-ce pas ?"

"Draupadi !

"Vous êtes libre d'obtenir le divorce."

"Draupadi, ne me mets pas la pression pour que je m'avoue vaincu. Il ne s'agit pas d'une lutte mais d'une guerre pour garantir l'honneur de l'humanité. Ne m'empêchez pas d'accepter le pari de la bataille."

"Le père de Nirban a crié à tue-tête : " Hah ! Voyez, vous les dieux, quel ingrat peut être un fils ! Et toi, sa mère, ne vois-tu pas le démon que tu as porté dans ton ventre ? Ce jeune homme moderne et peu instruit ne le sait pas".

...sasarja brahmanagre sristyadyou sa chaturmukha,

sarbe barna prithak pashat teshang bangsheshu janjrite...

Au départ, il n'y avait qu'une seule "varna" (division des castes fondée sur la religion, soulignant la "couleur", la marque de la grandeur), à savoir Brahmana. Après les brahmanes, les autres castes sont apparues".

"Selon quelle super structure, papa ? Votre Geeta dit : par profession et occupation, n'est-ce pas ? Papa, l'époque des idées fausses est révolue ou va s'évaporer".

"Une fois de plus, je répète ce qu'a dit Rishi Bharadwaja, qui a interrogé Bhrigu sur la couleur physique du Brahmana. Il a répondu :

Brahmananag sito varna, kshatriyanangtu lohita,

Vaishyanang pitako varna, Shudranamastitasthata..."

"Les Brahmanes ont la peau claire, les Kshastriyas, la peau brune, les Vaishyas, la peau jaune et tous les Shudras, la peau noire.

"Oui, je suis un imbécile. Mais comment se fait-il que Draupadi se tienne devant vous comme une jeune fille à la peau la plus claire, ici, tout autour de vous ? Qu'en est-il de votre réponse, si je cite le même Bharadwaja ?"

"kaamakrodha bhayanglobha shokachinta kshudhashrama

sarbeshang no prabhabati kashmatvarno bibhidyate".

Qu'avait-il dit, finalement ?

"Nous avons tous, indépendamment de tout varna, le besoin physique de sexe, de colère, de peur, d'avidité, de deuil, d'anxiété, de faim et de travail pour vivre. Nous sommes sous leur emprise. Alors comment les brahmanes prétendent-ils qu'ils sont les plus grands de tous les varnas, comment prétendent-ils qu'ils sont un peuple séparé et saint choisi par Dieu ?

Son père reste silencieux et vaincu.

Dans sa petite maison confortable, Kishorimohan, le père de Draupadi, souffrait d'un profond sentiment d'anxiété. Humiliation, il déglutit difficilement. Frustré, il ne faisait que réciter ce qu'il avait appris de son père ?

"Ici, je me prosterne devant toi, Seigneur Ganapati.

Ici, je me prosterne, et je touche tes pieds.

Tout le monde me connaît, je suis coiffeur, je me déchaîne

Les vaches, de leurs cordes, se sont attachées.

Voici le Seigneur Shiva, les oreilles illuminées

Sa tête fleurie par Dhutura, joliment Knit

Voyez le Seigneur arriver monté sur un taureau, culbutant

l'auréole florale autour de sa tête.

Il se dirige vers la maison de Giriraj.

Dont l'allégresse secoue le portail de la Banane.

Lo ! Voilà Ma Shibani qui s'approche, avec ses immenses tresses

Ce barbier se précipite vers elle, avec une guirlande fraîche

Il offre ses pranams à Shiva, sa grâce divine.

Regardez, le Seigneur fait la cour aux jeunes filles, pour impressionner

Le ciel descend sur l'auvent du marié

Les harpes sur la corde de joie, le barbier, sa robe pittoresque

Charme la ribambelle de dames 'ulluing'*, fière

Le barbier se promène : Hari, Hari", en chantant à haute voix

Ma prière au marié, à Dieu et à la foule pieuse

Qui que vous soyez - votre majesté - écoutez

Remplissez mon sac d'or, d'argent et de cadeaux, de vert

Ramène ta fiancée à la maison, que ton sourire soit large !

Draupadi somnambulait. Elle écoute maintenant son père réciter les lignes ci-dessus. Elle est transportée dans son enfance.

Elle est sur les genoux de son père et l'écoute attentivement.

"Alors, papa, que s'est-il passé ensuite ?"

"Le Seigneur Shiva a emmené Parbati dans sa maison.

"Où vit le seigneur Shiva ?

"At Kailash Parbat" (Mont Kailash, maintenant à Tibbat)

"Où est-il ?

"C'est très loin. Tu devras voler comme un oiseau, puis te laisser tomber."

"Pourquoi les Dieux se marient-ils ?"

"Ils doivent le faire. Pour que leur lignée reste active".

"Qu'est-ce que la lignée, papa ?"

"La lignée est une continuation de la famille, moi, mon fils ou ma fille, lui/elle, son fils ou sa fille, la descendance continue.

"Je ne me marierai pas, papa."

"Pourquoi, ma douce maman ?"

"Je dois vous quitter alors."

"Il le faut, ma-"

"Non, non. Je ne le ferai pas."

"C'est la loi de la nature, mon oiseau !"

"Non, non. Je serai toujours avec toi."

"Bébé, tu devras épouser un garçon quand tu seras grande. Tu auras ton nouveau père et ta nouvelle mère, tu auras tes nouvelles relations. Ta nouvelle mère, ta belle-mère t'aimera comme sa propre fille..."

"Non, non. Elle ne m'aimera jamais. J'ai vu mon camarade de classe se marier. Sa belle-mère ne l'aime pas, mais la torture jour et nuit".

"Tous ne sont pas pareils, bébé".

"Tous le sont. Je ne crois pas que ce soit le cas. Ils sont cruels. Ils me battront, m'humilieront, ne me donneront pas à manger, me traiteront comme un intouchable !"

Draupadi était terriblement effrayée dans son demi-sommeil et son demi-éveil. Elle a rêvé qu'elle était abandonnée dans un endroit isolé. Pas d'habitat, pas d'arbres, pas d'oiseaux et même pas de rivières à proximité. Elle ne sait pas s'il s'agit d'une étendue de terre s'étendant sur des kilomètres, d'une prairie ou d'un marécage. Elle a l'impression de flotter dans le vide. Elle a été emportée par un vent violent pendant une longue période de temps qui ne peut être comptée. Qu'est-ce que le temps pour elle ? Un voyage sans fin dans un pays sans fin ? Où a-t-elle pu tomber d'une telle hauteur ? Où se faire déposer ?

Elle transpirait abondamment. Son corps est douloureux. Elle remuait la tête et soudain, elle s'est mise à pleurer. Mais il n'y avait personne pour répondre à ses larmes. Draupadi sentait qu'il n'y avait personne à côté d'elle.

Nirban, son mari, se réveille soudain. Épuisé par les débats houleux avec ses parents, il s'endort. Pourtant, alors que ses doigts ressentent une sensation d'eau, il est forcé de rester éveillé.

Il voit Draupadi rétrécir, son corps se tortille de douleur.

Il se lamente bruyamment : hey ! Draupadi, réveille-toi. Quel est votre problème ?

"Je suis avec vous, prenez courage, réveillez-vous !

Après une longue période de persuasion ou de pression, Draupadi ouvre les yeux. Mais elle avait l'air vide.

"Je suis, Nibu, ton mari !" Regardez-moi ! C'est moi, Nirban.

Draupadi ne pouvait pas le reconnaître. Elle essaya de lire quelque chose dans ses yeux, mais n'y parvint pas.

Nirban faillit hurler : Draupadi-i-i-- ?

Draupadi se lève d'un coup sec. "Où suis-je ? Lequel des trois mondes m'a capturé ? Lequel d'entre eux me pousse vers nulle part - dans le gouffre sans limite ?

Nirban : "Sens-moi, tu es sur cette terre, tu as la chaleur d'un être humain - une femme, mariée à moi, un être humain jeune, énergique, attentionné, robuste et vivant ! Le voici, ton Nibu, qui te tient les mains sous le ciel !"

"Tiens-moi bien. J'ai peur de tomber et d'être brisé. Ton père m'a réprimandé en disant : "Tu es un barbier, un "*dalit*", piétiné par Brahman. Tu as été coupé en morceaux, tu as été une non-entité, un paria refoulé... un sale barbier !"

"Reste calme, Draupadi. Se refroidir. Se rafraîchir pour toucher la vérité. La vérité est que : Les brahmanes vous ont trompés pour vous piétiner. Ils ont utilisé les Upanishads pour diviser l'humanité en castes et en sectes. Ils ont créé la "Chhandogya Upanishad" qui proclame que ceux qui accomplissent les tâches les plus insignifiantes dans la société prennent des naissances encore plus insignifiantes dans la séquence de naissances suivante. Ils sont nés chiens, porcs ou chandals (humains grossiers, brutaux, peu aimables, impurs et donc non autorisés à entrer dans les villes, les villages ou les établissements des castes dites élevées). Mais il est étrange de constater que ces brahmanes ont eu des relations sexuelles avec les Shudras, c'est-à-dire les personnes de basse origine ! Cette fois, leur pureté de caste n'est pas menacée ! La jeune fille brahmane s'est mise à fréquenter ce garçon Chandal... et l'union a donné naissance à des enfants qu'ils appelaient Chandals ! Les garçons kshatriya se délectaient de la chair des Vaishyas (la classe des marchands), mais lorsque l'enfant naissait, les brahmanes le traitaient de "Bagdi" et rejetaient les enfants pour qu'ils vivent comme des animaux à la périphérie des villes. Vous ne savez pas quel enfer ces brahmanes ont creusé pour les soi-disant Chandals !

Draupadi ne peut supporter le poids d'un tel jargon scolaire.

Le "*Apastasya Dharamsutra*" (les rituels prescrits par le sage Apasta) dit : si vous touchez un Chandal, vous devrez prendre un bain immédiat dans le Gange, si vous parlez avec un Chandal, vous devrez simultanément expier cela en parlant à un Brahmane, s'il vous arrive de regarder un Chandal, vous devrez désinfecter vos yeux en regardant la Lune, le Soleil ou les Étoiles. Leur "Parashar Smriti" dit que si un Chandal touche accidentellement un Brahmane pendant qu'il prend son repas, le Brahmane rejettera le repas et le jettera dans la poubelle. Si un Brahmane, buvant de l'eau d'un puits, est touché par un Chandal, il devra manger pendant 3 jours de l'orge trempé dans l'urine des vaches pour se purifier ! Ainsi, chaque Shudra est virtuellement un Chandal et donc un intouchable déclaré !"

Draupadi presse ses doigts contre ses lèvres. Dit froidement, "s'il vous plaît, contrôlez votre colère. Je suis une fille peu éduquée. S'il vous plaît, ne me chargez pas de ce fardeau de connaissances. Ne faites qu'une chose, laissez-moi me faire jeter chez mon père."

Nirban a un regard vide, mais il se calme et dit : "J'ai besoin de toi à mes côtés dans cette guerre contre le castéisme et le racisme. Si tu me quittes, ma force sera diminuée, Draupadi."

"Je suis toujours avec toi. Mais je vis ici comme une vache morte. Je suis en train de pourrir. Personne ne me parle, personne ne me sourit, personne ne s'adresse à moi avec le cher "bouma" - le rêve de toute femme. Comment puis-je survivre ? Tu ferais mieux de venir habiter chez mes parents ? Je sais que vous hésiterez à rester dans la maison d'un barbier."

"S'il vous plaît ! Aucun pincement de ce type ne sera utile. Je suis un être humain.

"D'accord, je le ferai. Mais je sais que mes proches et mes soi-disant bienfaiteurs, les Brahmanes et les Kayastha, considéreront cela comme une défaite".

"Si nous restons fidèles à nos engagements, comment les gens peuvent-ils considérer cela comme une défaite ? C'est la chaîne ininterrompue d'un amour universel, l'union puissante de deux âmes, comme dans la légende du Seigneur Krishna et de sa divine d'amour, la grande Radhika. Ont-ils réussi à le briser ?"

"Tout à fait exact, Radhika".

"Mais comment vas-tu t'unir à ta Radhika en restant avec une foule de gens qui nous sont hostiles ? A force de m'écouter mal, continuellement, tu t'épuiseras un jour, ton esprit s'éteindra, tu cultiveras la colère en toi, contre cette pauvre fille. Nibu, puis-je vous poser une question d'actualité ?"

"Oh, oui !

"Pouvez-vous faire un établissement séparé pour nous, pour vivre ?"

"Je le ferai. Je prends un peu de temps pour me rendre à Kolkata, la capitale, et y chercher un emploi. Entre-temps, mes résultats définitifs seront connus. Je suis confiant, je peux réussir un bon travail et un bon séjour séparément, avec vous".

"Mon Arjuna !

"Essayez de dormir un peu."

Nirban tomba dans un sommeil de chien.

Drraupadi essaya d'invoquer le sommeil, mais elle était excitée à l'idée d'une vie séparée avec son amour et l'amour seul.

Le sommeil disparu, la pauvre fille est plongée dans des rêves fous. Elle s'est vue traversant une mer agitée en tenant les mains d'Arjuna. Mais il était un dieu dans un pays lointain. C'est une brahmane, la plus haute barna (haute dans la hiérarchie sociale, haute et pure dans la naissance, disent les gens) des quatre barnas. Mais les rêves sont innocents. On la voit caresser ses rêves.

De l'autre côté, il y a Arjuna, le prince guerrier qui est apparu devant lui vêtu de safran. Il était en colère, mais la colère était son ornement.

Soudain, elle voit son amour prononcer des vers qui lui font honte. Les mots étaient si articulés, si passionnés et sensuels que le cerf de dix-huit ans s'est mis en colère.

"Netre kantha kapole cha
Hridi Parshwadwayehpi cha
Gribayang Navideshe cha

Kami chumbati kaminin".

(Homme sensuel, viens,

Embrassez l'œil de votre femme

Cou, joues, seins

Les deux hanches

Puis à nouveau la nuque

Et le doux creux du nombril)

Et d'où vient-il ? Cette nuit de lune ? Draupadi est maintenant sur un trauma. Elle est dans le lit de la rivière et la rivière s'est approchée d'elle avec un bazra (grand navire bien décoré et orné pour un voyage nulle part, tout comme une péniche sur la rivière). Elle entre dans le vaisseau. Elle s'abandonne aux bras enthousiastes d'Arjuna et fond comme du plomb !

"Prema snigdhang samalingaya shitkarang

Mukho chumbanam kanthashaktang punah

Kritwa garhalingamacharet".

(Tenez fermement la femme dans vos bras

Avec un véritable amour et ensuite

L'envelopper, gémir dans une étreinte étroite

Embrasser profondément sa bouche

La pénétrer sans ménagement)

Draupadi se réveilla avec un parfum autour d'elle. Dans son petit bureau. La pièce résonne du doux murmure d'un homme et de sa flûte. La musique donne vie à la performance qu'elle vient de terminer sur la scène : *bhabati kamalanetra nasika kshudrarandhra/ abiralakuchajugma charukeshi krishanki/ mridubachan sushila, geeta-badyanurakta/ safalatanu, subesha, padmini padmagandha.*

"Elle a des yeux de nénuphar, un nez fin

Une paire de seins, proches et serrés

Cheveux brillants, membres souples

Voix mielleuse, nature docile

Elle aime passionnément la chanson et la musique.

Voici la femme lotus

Son corps est une harmonie

Elle verse le parfum du lotus".

Ce fut une matinée de tristesse. L'air était épais, lourd d'une plainte étouffée.

Ce matin, j'ai également lu la plainte silencieuse d'une autre femme, écrite sur les feuilles des arbres, sur sa maison si longtemps chérie, sur sa chambre à coucher joliment décorée avec son mari, sur les morceaux de papier flottants, comme s'ils contenaient les lettres d'amour non écrites. L'amour, non critique, pur et non contaminé par un quelconque castéisme. Elle ne savait pas qu'elle était plus une fille brahmane qu'une femme.

La voilà qui arrive, avec son sentiment trouble sur le point de s'exprimer dans le langage d'un cri.

Elle est Parbati, la "didi" ou sœur aînée de Nirban.

Nirban le regarde avec une crainte étonnée.

"Didi ? A cette heure matinale ? Comment cela se fait-il ?

"Chassé de la maison d'un vrai brahmane", dit-elle froidement.

Nirban   : Quoi ?

Parbati   : Oui.

Nirban   : Quoi de neuf, Didi ?

Parbati :   Ils pointent leurs doigts accusateurs vers vous. Que vous

         que vous avez épousé une fille d'une caste inférieure, que vous avez

         Vous avez commis un sacrilège, vous avez profané les

l'idéal séculaire du brahmanisme.

Nirban : Oh, mon Dieu !

Parbati : Ma chérie, il n'y a pas d'autre Dieu que le Brahman.

Nirban : Dois-je baisser la tête ? Mais pourquoi devriez-vous expier pour mon péché ?

Parbati : Bhai (frère), il n'y a pas de péché dans ton acte. Vous avez a fait le correct doable. Pourquoi se prosterner ? Je dois expier le péché d'être né dans un Brahman. famille. Je dois me racheter d'avoir épousé un brahmane bigot.

Nirban : Comment osent-ils ? Dans et autour de vingt villages, les gens savent que les Chakraborty sont plus vénérés que les les Bhattacharyas.

Parbati : Frère, tu vas te faire piéger par les mêmes avec qui vous avez déclaré la guerre.

Sa mère sort de chez elle et exprime sa colère chagrine,

"Oh Seigneur, comment récoltons-nous les fruits de l'imprudence de notre fils !"

"Maman, il n'est pas idiot. Il est intellectuellement et humainement plus avancé que nous".

"Huh ! Nous reviendrons dans quelques siècles et il avancera1 Comme nous avons de la chance !"

"C'est vrai maman. Vous vivez au Moyen-Âge, dans l'obscurité, l'ombre, l'absence de raison et l'injustice. Il n'y a pas de mal à vivre au Moyen-Âge, sauf à se laisser piéger par les plus sombres des superstitions qui s'y rattachent."

"Laissez les sermons de côté. Qu'allez-vous faire maintenant ? Qui portera le fardeau de votre déshonneur ? Connaissez-vous l'avenir d'une jeune fille brahmane privée de son mari ? Pensez-vous que quelqu'un se présentera pour vous épouser ?"

"Je porterai moi-même le bonheur d'être libéré du joug du brahmanisme. Aujourd'hui, je suis libre de choisir ma carrière, mon éducation et mon avenir. Je suis l'architecte de mon avenir. Tu n'as pas à t'inquiéter pour moi."

"Où iras-tu ? Avec qui allez-vous vivre ?"

"D'abord, au tribunal, pour demander le divorce."

"Qu'est-ce que c'est ? Tu as perdu la tête ?"

"Ne vous laissez pas surprendre. Je prierai pour le divorce. Rassembler des preuves suffisantes et argumenter en faveur de ma séparation. N'ayez pas peur. Je ne suis pas venu ici pour rester avec vous. Je suis venu ici pour récupérer mes documents et mes bulletins de notes afin de me faire admettre en doctorat".

"Il s'agit d'une action irréfléchie. Où habitez-vous ? Est-il facile de vivre séparément dans notre société ?"

"Il y a de nombreux foyers, des logements P.G., des maisons d'étudiants résidentiels..."

"Qu'est-ce qui ne va pas chez lui ? Pourquoi est-il mécontent de vous ?"

"Si je te demande ce qui ne va pas chez moi ?"

"Shambhu est un professeur dûment qualifié, il a un bon statut social, il a une famille respectable.

"Je pensais qu'il l'était, mais il ne l'est pas."

"Tu es aussi arrogant et tête brûlée que ton frère."

"Peut-être. Après avoir supporté froidement le fardeau du brahmanisme masculin, j'ai dû faire preuve de chaleur".

"Didi, où vas-tu rester ?"

"J'ai parlé à mes amis. Ils m'ont promis un hébergement payant. Cette situation est temporaire. J'en ai déjà parlé à l'un de mes professeurs. Elle m'a assuré un logement dans le foyer pour dames".

Le père de Nirban se joint à la discussion.

"Fie-toi ! En quittant un professeur instruit et brillant, que nous pensions être un bon parti pour vous, nous nous étions arrangés pour vous lier par les liens du mariage, mais quel destin impénétrable, jetant l'or de côté, vous optez pour une feuille d'étain !"

Maman, ton "M. Correct" est un adepte de la philosophie manuéline, un haineux des autres varnas, un partisan de l'apartheid et un homme à l'esprit étroit souffrant de paranoïa. Comment puis-je cohabiter avec lui ? J'ai pris ma décision. Je prendrai vingt-quatre heures. Ensuite, je me mettrai en route vers ma destination."

Son père est sur le point de craquer.

"A quoi me sert ce grand manoir ? À quoi sert le gigantesque stock de propriétés ?"

Nirban dit poliment : "Papa, vis avec ta richesse, ta position et tes propriétés. Nous ne nous intéressons pas à eux.

Parbati a ajouté : "Laissez-moi vous rendre les ornements que vous m'avez offerts lors de mon mariage. Je pourrais les faire sortir de mon casier avant qu'ils ne s'en emparent. Je n'ai pas pris un seul des ornements dont ils m'avaient décorée. Je ne porte que le seul saree que j'avais quand je suis allée à la maison des Bhattacahryas."

Sa mère fond en larmes.

"Une mère dont les fils sont séparés ne peut pas vivre. M. Chakraborty, comment pouvez-vous combler le fossé béant - jours sombres et nuits sombres. Je suis sur les dents de la scie. Vous ne quitterez jamais votre ego et votre progéniture ne quittera jamais ses arguments. Serai-je poussé vers la mort ? Acceptez votre fils et votre belle-fille. Sauvez notre famille1"

"Non, s'écrie Chakraborty, je reste fidèle à ma foi : les femmes, les chiens, les oiseaux noirs et les Shudras ne doivent pas être touchés. Ils devraient être mis à l'écart".

Nirban retrouve son institution. Il doit préparer son examen final et se préparer à l'entretien sur le campus. Il avait un besoin urgent d'un emploi, le plus rapidement possible. Il rêve de louer une chambre et d'emmener Draupadi vivre avec lui. Il avait également rêvé de rendre les études de Draupadi régulières. Draupadi est laissée dans la maison de son père, sous haute surveillance, et une patrouille de jour et de nuit du barber-muhalla commence à la protéger. La petite maison de son père est devenue une véritable forteresse. Elle n'avait pas le droit de s'aventurer à l'extérieur. Les arbres, les écureuils, les perroquets, les hiboux et une forêt obscure au loin, une rivière qui murmure silencieusement, tous l'appelaient : "Oh Draupadi, sors, parlons, promène-toi, et nous te conduirons à la rivière !". Mais Draupadi, alarmée, ne sortit pas de chez elle.

Son père, prudent à chaque bruit venant de l'extérieur, a abandonné son métier de gérant de salon et s'est occupé de la protection de sa fille.

Draupadi s'ennuie. Ses études sont réduites, ses déplacements limités, elle se croit incarcérée. Ses discussions nocturnes avec Nirban sont le seul réconfort. Elle attendit des heures pour écouter les salutations de Nirban et ses trois jours s'écoulèrent et Draupadi pensa qu'elle s'était vautrée dans une vague de temps sans fin.

"Hé ?"

"Oui, Chitrangada.

"Je ne suis pas une princesse, je suis une pauvre fille..."

"Mais riche d'un cœur, riche d'un esprit, riche d'un courage et ravissant d'une beauté.

"Je suis tellement affamée de ton amour - tes larges épaules, ton cou droit, un vrai visage masculin, des lèvres dévorantes et un cœur rempli comme l'océan. Je peux sentir les vagues, goûter le sel de tes dents, tes doigts de pieuvre qui me traversent pour me donner un frisson extatique..."

"Hé, ne me rendez pas gourmand. Attendez encore quelques jours".

"Nibu, je veux voyager à travers une pleine lune engloutissant ma maison, en prenant tes mains, vers un pays lointain, très lointain !

"Dors, mon lapin".

Le lendemain du départ de Nirban, la maison des Chakraborty est en pleine effervescence.

Il s'agit d'un "Chandrayan", une cérémonie d'expiation, un "prayaschitta" organisé pour purifier la maison profanée par Draupadi. Un grand nombre d'invités ont assisté à la célébration. Comme

Krishnakishore Chakraborty, le père de Nirban, est le Panchayat Pradhan, les participants sociaux et politiques sont très présents. Des dignitaires du niveau du district jusqu'à la base sont venus honorer l'occasion. Les agents de police, l'inspecteur de cercle et le Thanedar ont pris un somptueux repas ce soir.

Après leur départ, les lumières sont éteintes. Des créatures fantomatiques sont comme invoquées pour convoquer une sinistre réunion. Les invités à cette assemblée spéciale affichent des visages troublés, sombres et graves. Un éclair de mobile montre le visage de Chakraborty, pâle comme la mort.

"C'est une terre de ténèbres, comme les ténèbres elles-mêmes. On est loin de Dieu et de la lumière du ciel. La lumière vacillante d'un feu provenant de narguilés allumés l'assombrit", commente la nuit.

Et Milton aurait dit : "... il y avait une colline, non loin de là, dont le sommet macabre crachait du feu et de la fumée roulante...".

Les diables, comme les anges déchus, sont pris dans un monde récalcitrant et dangereux qui leur est propre... faisant...

La lumière vacillante du tabac brûlant sur le dessus de chaque narguilé crée une confusion...

Un rituel d'inhalation du tabac brûlé d'un narguilé à l'autre, et le dernier mais non le moindre... un murmure de "hummns", des particules brisées d'un parfum sombre, rendant l'air lourd de morosité...une musique sans fin d'agents sombres chantant dans la nature est venue s'immiscer dans la scène... une foule de rats sombres se déplaçant ici et là... quelques serpents sombres s'attaquant aux grenouilles avec leurs cris déchirant l'air, et ... après une longue délibération, les "hummns" se transforment en "oui".

Les têtes sont réunies pour déclarer "oui". Une lune pâle, se levant près de la fenêtre, peine à entrer, mais la pièce est devenue éternellement sombre...

C'est arrivé, le lendemain...

Des rumeurs sont véhiculées par une foule de messages paniqués dans le village, en particulier dans la maison de Kishorimohan, le père de Draupadi, selon lesquels son salon a été perquisitionné par la police et que des armes énormes ont été récupérées dans le salon. Personne ne sait d'où et par qui les armes sont arrivées au Salon de Kishorimohan.

Mais le fait est le fait.

La police a examiné méticuleusement chaque arme et munition déversée, en a dressé une liste exhaustive et le rapport de la collecte d'armes a déjà été envoyé au quartier général de la police du district. L'agitation règne déjà dans les milieux policiers, les journalistes courent dans tous les sens, mais au moment de la perquisition, Kishorimohan dormait dans sa maison depuis de longues heures, ce qui n'est pas habituel.

Un groupe de policiers entre rapidement en action. Kishorimohan est expulsé de la maison et emmené au poste de police pour y être interrogé.

La police n'a pas laissé le temps à Kishori de parler à sa femme ou à sa fille.

Les laissant dans le plus grand désarroi et avec une montagne d'anxiété sur les épaules, les policiers ont décampé.

La pauvre Draupadi est laissée sous la surveillance de voisins consolateurs, de quelques parents et de villageois mécontents qui se pressent autour d'elle.

Les villageois sont surpris. Kishorimohan ne peut en aucun cas être considéré comme un fournisseur d'armes. Par empathie, certains villageois se précipitent au poste de police.

La mère inquiète et Draupadi déconcertée tentent de contacter Nirban mais, pour leur malheur, le réseau de téléphonie mobile est silencieux lors de ce rebondissement inattendu.

Draupadi reste assise, hébétée. Elle ressent une douleur sourde dans la gorge. Sa gorge se serre. Un profond sentiment de malaise et de peur inconnue la fige.

La journée s'est écoulée mais son père n'a pas été libéré du poste de police. Les nouvelles se précipitent : Il a été transporté à la prison du district pour complément d'enquête.

La mère et la fille se retrouvent dans un chalet sombre.

Le matin. Dans sa chambre d'auberge, Nirban essaie frénétiquement de contacter Draupadi, mais il n'y parvient pas.

À l'heure actuelle, il doit se rendre rapidement à l'institut pour passer un entretien sur le campus. Effaçant ses inquiétudes, il s'empresse de rejoindre son campus. "D'accord, j'essaierai plus tard", se console-t-il.

À peine est-il sorti que deux personnes, prétendant être des proches de Nirban, entrent dans l'enceinte de l'auberge et demandent à rendre visite au directeur, même si les gardiens ne veulent pas les laisser entrer. Ils sont gérés par une liasse de billets de banque.

Les messagers réussissent à convaincre les gardes qu'ils ont été contraints par une situation d'urgence de séjourner à l'intérieur. Ils veulent rencontrer Nirban.

Le duo arrive au réfectoire, où, accidentellement ou par coïncidence, ils rencontrent l'un des colocataires de Nirban, très proche de ce dernier,

"Hello" ?

"Oui, pouvons-nous vous demander votre identité ?"

"Oui, bien sûr. Nous venons de la maison de Nirban. C'est son père qui nous a chargés de contacter Nirban immédiatement."

"Étrange ! Il ne s'est pas départi d'un seul mot de ses lèvres ! Et il est à un entretien important ? Comment cela se fait-il ?

"Oui, mes fils, c'est la réalité. Le malheur n'arrive pas seul. Une situation d'urgence nous avait obligés à le rencontrer".

"Quel est le malheur et pourquoi êtes-vous venu à notre rencontre ? Comment savez-vous que nous sommes ses amis ?"

"Vous êtes ses meilleurs amis. C'est de lui que nous avons entendu vos noms."

"OK. Mais cela ne veut pas dire que vous viendriez à nous sans l'avoir contacté au préalable ! Ecoutez, mon oncle, nous ne sommes que des amis. Nous n'appartenons pas à sa famille ? N'est-ce pas ?"

"C'est vrai. Mais que ferez-vous, si votre ami se trouve dans un dilemme qui peut le déstabiliser, ruiner sa carrière ?"

"Nous ne pouvons pas suivre. C'est une rencontre étrange".

"Admettez. Mais parfois, l'étrangeté permet de résoudre certains problèmes".

"Pourriez-vous divulguer le secret ?"

"Oui. Tout d'abord, nous devons nous asseoir quelque part. Je vous invite à écouter le sort qui attend Nirban."

"OK ! Mais comment pouvons-nous être sûrs que vous n'êtes pas des conspirateurs ?"

"Nous ne le sommes pas. Vous pouvez prendre une photo de nous deux. Vérifiez notre identité auprès de la police".

"Pourquoi devrions-nous être impliqués dans une affaire familiale aussi compliquée ?"

"Les garçons, c'est un être humain, avec des rêves pour sa carrière, son avenir. Ne l'aiderez-vous pas s'il s'engage dans une mauvaise direction, avec un mauvais choix ?"

"Le mystère reste entier. Soyez franc et dites-nous tout. Nous déciderons ensuite de ce qu'il convient de faire."

Le duo raconte tout, mais avec un grain de sel. Les deux amis de Nirban se révoltent simultanément : "C'est une affaire purement personnelle et un choix personnel. Nous ne devons pas intervenir".

"Les garçons, nous vous prions, les mains jointes, de le persuader de changer de vie. Sa carrière sera étouffée dans l'œuf ! Il devra se repentir plus tard. C'est de l'infatuation pure au nom de l'amour !"

"Mon oncle, quel sera le sort de la fille qui a cru qu'il était son âme sœur ? Ce n'est pas une partie de plaisir. Remarquez, deux vies sont en jeu !"

"L'autre s'irrite.

"Nous ne nous en mêlons en aucune façon.

"Chers garçons, vous êtes ses bienfaiteurs comme nous le sommes. Ce manager est promis à un bel avenir, il a devant lui un marché matrimonial lucratif, de belles épouses de haute origine l'attendent. Pensez-vous qu'il va plonger dans les égouts ?"

"Objection, mon oncle, ne nous faites pas participer à cette affaire. Pour protéger le rêve de l'avenir d'un garçon, nous ne pouvons pas tuer le rêve de son partenaire. Vous vivez dans un monde numérique, vous êtes à l'ère du progrès scientifique et, chose étrange, vous vous entêtez à défendre les classes et les castes ? Vous soutenez la locomotive de Copernic à l'ère des jets supersoniques !".

"Les garçons, c'est un Brahmane, de l'ordre le plus élevé ?"

"Alors, devrions-nous être des courtiers de caste ?"

"S'il vous plaît, évitez que la famille ne se fragmente. Ses parents sont sur le point de s'effondrer. S'il vous plaît, faites quelque chose. Voici un papier tamponné. Faites tout votre possible pour qu'il prenne la décision de divorcer. Inspirez-le pour qu'il appose sa signature sur le papier. La stratégie est la vôtre. Voici deux paquets. N'hésitez pas à les prendre pour vous amuser et batifoler. Vous êtes des jeunes hommes du vingt-troisième, vous pouvez faire beaucoup de masti..."

"Que contiennent ces deux paquets ?"

"Ouvrez-le".

"Vous ouvrez, s'il vous plaît. Nous ne devons pas toucher. Qui prendra la responsabilité s'ils contiennent de la drogue ?".

"Ha, Ha, Ha ! Les garçons, voyez ce que c'est. Ces deux paquets contiennent chacun deux millions de roupies indiennes".

"Êtes-vous venus ici pour nous acheter ?"

"Vous acheter pour le bénéfice de votre cher ami, les garçons."

"Reprenez-les, rangez-les dans votre sac et dégagez."

"L'argent ne peut pas acheter l'amour, l'affection ou le respect, commente l'autre.

En une minute ou plus, les messagers descendent à toute vitesse et se fondent dans les rues.

Les deux amis doivent alors choisir entre les deux : les quatre lakhs de roupies indiennes et le besoin humain inestimable qu'est l'amour. Une période critique pour eux.

Post Script :

Le quatrième jour de son départ de la maison, Nirban est devenu nerveux.

"Qu'est-il arrivé à Draupadi ? Pourquoi ne répond-elle pas à mes appels ?" Il se sentait chargé d'un nuage de doutes. Il a senti que quelque chose n'allait pas. Il se met en route pour son village natal, sac au dos.

Il atteint son village à huit heures du soir. Nous sommes allés directement au "napitparha" (concentration de barbiers dans une localité où le père de Draupadi avait sa maison). Tout était sombre.

C'était une cabane déserte. L'entrée semblait fermée à clé, bien qu'ombragée sous le flash du téléphone portable.

Il a crié fort : "Draupadi-i-i ?".

Des habitants des maisons voisines sont sortis précipitamment.

"Ils sont partis.

"Pouvez-vous me dire où ils sont allés ?"

"Nous sommes sous la surveillance stricte de la police. Nous ne pouvons rien dire de plus".

Dans les rues ombragées, Nirban marchait à grands pas jusqu'à la rue principale. Les lampadaires étaient pauvres et se lamentaient tristement sur quelque chose qu'il n'arrivait pas à comprendre. Dans les maisons situées au bord de la route, quelques fenêtres semblaient éclairées, mais elles étaient dévorées par une obscurité affamée l'instant d'après.

L'air était terriblement tempéré. Une brise fraîche s'apprête à balayer la poussière. Au-dessus, une voûte bleue, bien qu'empiétée par l'obscurité, était frangée d'étoiles.

Où aller ?

Nirban traînait maintenant son propre corps, engourdi et insensible, tandis qu'il voyait une constellation d'ampoules électriques sous un dais, peuplé probablement d'auditeurs et de spectateurs avides.

Nirban a poursuivi son chemin.

Il atteint le lieu de rassemblement.

Personne ne l'a remarqué.

Les auditeurs étaient absorbés par le "*Krishna Kirtan*". Il y a l'"*Astamprahar Mahotsab*" (célébrant l'amour divin de Krishna et Radha, incarné par le grand chanteur-philosophe libéral Srichaitanya, de la fin du Moyen Âge au Bengale).

Nirban se presse dans la foule pour découvrir Draupadi.

Le chanteur sur la scène chantait :

" *Tilakusum sunasa snigdha nilotpalakshi*
Ghana Kathina Kuchadhya Sundari Chandrashila
Safal gunjuta sa chitrini chitrabasa".

"Elle connaît bien les plaisirs de l'amour
Elle n'est ni trop petite, ni trop imposante
Son nez, gracieux, nous amène à réfléchir sur le sens en bourgeon
Ses yeux séduisants sont comme une eau turquoise
Des seins prospères, fermes et bien remplis
Chaste par nature et totalement juste
Son visage apparaît comme une peinture..."

Nirban est électrisée de voir sa Chitrangada sur scène.

"La voilà ! Ma Chitrangada. Oh Chitrangada, vois de tes propres yeux que ton Arjuna est arrivé !"

Mais alors qu'il jette son regard pour la deuxième fois, elle a disparu dans le vide.

"Où es-tu, ma Chitrangada... ??"

Son appel frénétique se répercute dans les environs.

"Ce n'est pas l'hiver. Pourtant, les arbres sont aussi choqués que de perdre leurs feuilles. Le hibou philosophe pique du nez et dit : "Peut-être... qu'ils versent des larmes aujourd'hui".

Les arbres se mettent à pleurer. Le hibou leur demande : "Pour qui pleurez-vous ?" "Nous pleurons une douce jeune fille, notre chère, chère oiselle."

Il y a des chuchotements dans l'air. Nirban court après les chuchotements.

Suivi de chuchotements, Nirban rentre chez lui.

La nuit est tombée. C'est une obscurité vide, terne et ennuyeuse.

Un grand sentiment de lassitude l'envahit, aspirant son énergie. Des larmes coulent dans ses yeux. Les mots s'étranglent dans sa gorge. Au bout d'un moment, les larmes deviennent amères. Son visage se durcit.

La colère et le dédain se fondent en une rage foudroyante.

Il frappe violemment à la porte d'entrée de sa maison.

Le bruit des coups est si alarmant que les portes des voisins immédiats de sa famille s'ouvrent en grand.

Ils se rassemblent par un ou deux et attendent calmement.

La porte s'ouvre sur le visage très souriant de la mère de Nirban :

"Aiiii!-hello le père de Nibu, viens ici et vois qui est venu ?"

"Où est Draupadi ? Nirban lui lance un regard d'avertissement.

"Montez, mon garçon. Tu as l'air fatigué et émacié", lui demande, impuissante, la mère en détresse.

Fou de rage, Nirban demande à nouveau : "Où est Draupadi ?"

Sa mère hésite presque : "Nous n'en avons aucune idée, mon fils. Ils doivent être dans leur mahalla. D'où viens-tu, mon fils ? Vous vous êtes rendu en ville pour un entretien, n'est-ce pas ? Revenir si vite ? Tout va bien ? "Vous avez besoin de repos."

"Où est Draupadi/" (Nirban tremble de colère)

(La foule s'agite. Les gens ont commencé à affluer en grand nombre. Une faible clameur prend des accents forts)

Quelqu'un demande : "Que s'est-il passé, Nibu ? Nous avons appris que sa famille avait déménagé dans un autre village".

Un vieux voisin ajoute : Le père de Draupadi est en prison. Son salon a été perquisitionné par la police. Un armement important a été transporté".

Nirban se pâme presque. Les gens se précipitent pour demander de l'aide. Donnez-lui de l'eau et de la nourriture.

Reprenant ses esprits, Nirban refuse la nourriture. Sa mère s'écrie alors : "Père de Nibu, viens voir ce que tu as fait de ton fils !".

Un père visiblement effrayé apparaît. Il demande, les mains croisées, à la foule curieuse de se disperser. Mais cette fois, son ordre est désobéi. La situation se tend et la colère gronde.

"M. Panchayat Pradhan, où avez-vous déplacé ma femme, Draupadi ?"

"Mon fils, je ne sais rien de ces événements. C'est l'action de la police, avec la Direction de l'application des lois. La loi suit son cours. Je n'ai aucun rôle à jouer là-dedans".

Nirban reposa la même question, avec un dédain délicat : "Où l'as-tu jetée, mon respectable père brahmane ?".

Nirban s'adresse maintenant à la foule.

"Qui parmi vous a participé à la cérémonie d'expiation ?"

Le silence.

"Qui parmi vous a profité d'un bon repas".

Le silence.

"Qui d'entre vous a participé au plan d'ensemble visant à déraciner une famille pauvre ?"

Le silence.

"OK. Ce silence peut vous coûter très cher à tous. Un jour, je viendrai et je vous enchaînerai tous. Vous n'avez pas ouvert la bouche. Vous êtes redevables à cet homme (il montre son père) car il sera le président de la Panchayat Samity lors des prochaines élections. Mais n'oubliez pas que le crime ne paie pas. Les nuits sombres glisseront vers l'aube. Je vais éliminer toutes les racines des activités criminelles dans cette région, je vous le promets !"

Je vais chercher à savoir où Draupadi a été transportée. Je ne vous pardonnerai jamais, M. Brahman. S'il lui arrive quelque chose, si vous avez déjà ruiné sa vie, je vous promets que je vous conduirai à la potence. Attendez ce jour propice.

Maintenant, adieu à vous tous. C'est une tragédie, vous êtes les victimes silencieuses de Lies. La vérité éclatera un jour.

Un jour, tu devras expier pour ce que tu as fait".

Nirban sort dans l'obscurité.

Sa mère court après lui - "Khoka" (mon fils) reviens. Khoka, je ne sais rien de... Peut-être que ton père le sait, peut-être...

Le lendemain, on découvre Nirban en train de prononcer des paroles dénuées de sens (les gens l'ont appris) devant le grand arbre au bord de la rivière où il a rencontré et senti Draupadi pour la première fois.

"Vous vous souvenez de moi, mon ami ? Tu as un cœur aussi vaste que l'océan. Vous êtes un stoïque. Vous observez les animaux, les oiseaux s'abriter, faire l'amour, donner naissance à de nouvelles générations. Je te dois un profond salut, tu m'as offert un parapluie sous lequel j'ai fait l'amour avec Draupadi. Son nid est pris d'assaut, elle est déracinée, sans abri. Je ne sais pas où elle est. Si elle revient, dites-lui que je l'aime. Mon Amour est aussi stoïque que la terre. Cher arbre, je prends ici congé de toi, mais je reviendrai. Je le promets, je reviendrai !"

Le journal de Nirban. Six ans plus tard.

Six ans !

Six longues années d'oubli. Dois-je écrire "oubli" ou "Al Vida" ? Ce mot d'origine persane me comblera-t-il ?

À qui dois-je faire mes adieux ? Le mot suggère : "elle ne reviendra pas". Mais je crois qu'elle me reviendra un jour. Ma camarade de classe Bidisha m'a dit, avec un sourire ironique, "attendez que les pluies arrivent". J'ai rétorqué en souriant. Oui, j'attendais une "pluie bienfaisante". Draupadi reviendra avec une forte averse. Les champs seront riches en végétation, les vergers seront chargés de fruits.

"Ta patience, seigneur ! Mais où que vous soyez, souvenez-vous d'une ville, Bidisha, qui a toujours été fertile, avec une riche récolte", commente Bidisha.

Bidisha est désormais affectée sur un terrain vallonné qu'elle connaît bien. Mes journées joyeuses avec Bidisha se sont terminées dans la tristesse. Qu'ai-je fait pendant ces six longues années ? J'ai quitté mon emploi - un emploi lucratif, dans une entreprise multinationale. Je m'ennuyais dans l'arithmétique quotidienne de l'achat et de la vente - toujours anxieuse, toujours les pieds sur terre, toujours avec des réunions, des réunions du conseil d'administration, l'interface avec le directeur général et ses appels à des heures indues.

Un beau matin, je suis parti, je ne suis parti nulle part et j'ai rempli les formulaires pour l'examen de l'UPSC. J'ai découvert que c'était seulement pour Draupadi. Elle me guidait à distance : "Sois honnête et sincère. Dévoiler la vérité. Maintenez-le".

J'étais plongé dans une quête éperdue de Draupadi. Mais elle a soudainement disparu de la carte. Mon père était aussi cool qu'il l'était, ma mère, l'éternelle femme qui se lamente, avait l'air impuissante. Aucun ne m'a donné d'indice. Mes proches sont restés incroyablement silencieux. J'ai couru d'un pilier à l'autre. A-t-elle été assassinée ? Oh non ! Je ne peux pas l'imaginer dans mes rêves les plus fous. C'est une lumière qui ne s'éteint pas d'un seul coup de vent. Elle ne peut pas être un mensonge. Elle est aussi belle que la Vérité. Aussi vrai que l'acier.

Elle m'a rendu déterminé et résolu à découvrir la vérité. J'ai réussi l'UPSC. J'ai opté pour le service de police indien. Et à ma grande horreur, j'ai été sélectionnée ! Sélectionné comme stagiaire ! Mais je ne savais pas que mon profil de gentleman serait brisé. La vie à l'académie de police Sardar Ballav Bhai Patel était plus dure et plus difficile.

Aujourd'hui, je me remémore les souvenirs d'hier, les facettes multicolores de la pierre précieuse. Oui, l'individu mou, semblable à de la pâte à modeler, a été moulé dans un métal durci. Maintenant, je me parle à moi-même, seul, avec moi, le surintendant adjoint de la police - la "police", le mot que je redoutais tout le temps à l'époque où j'étais sur le campus, est devenu une décoration pour moi. Cela arrive. Et cela s'est produit dans ma vie.

Ils m'ont dit : "Tu es un être humain à l'état brut" pour arriver à l'académie avec beaucoup de rêves.

Vous ne savez pas quelle formation rigoureuse vous attend. Apprenez à supporter la charge des formations physiques et théoriques.

Oubliez que vous dormez dans votre lit d'auberge à 7 heures du matin et que vos amis vous poussent du coude : "Réveille-toi, il est 7 heures. Nous avons un cours à 8 heures." Ici, de 5 heures du matin à 8 heures du soir, chaque heure est un cours. Non, mon cher ami, votre journée commence par un "Fall-in for PT" à 5 heures du matin. Réveillez-vous donc à 4h30. Se préparer instantanément aux exercices et au maniement des armes. A 8h45, vous êtes libérés pour les ablutions et le petit déjeuner. Retournez vite à vos cours en salle à 9h15 précises. Jusqu'au déjeuner, plongez-vous dans les cours IPC, CRPC, Evidence Law et diverses lois. Le labyrinthe de l'histoire de la police et des sciences médico-légales risque de vous faire mal au cerveau. Faites en sorte que votre cerveau soit aussi frais que d'écouter avidement les lois contre le viol, la justice des mineurs et le grand duo de mots "Law and Order" (la loi et l'ordre).

Et, pour la première fois de votre vie, vous vous retrouvez face à toutes ces créatures redoutables - les hommes du CBI, de l'IB, du FFRO, de la NIA et du NSG.

Il y a ensuite un mot qui fait grincer des dents : "déjeuner". Le déjeuner est aussi plein de clameurs bien que disciplinées, liées aux discussions, aux leçons, aux feedbacks à voix basse et toujours aux leçons !

Et après le déjeuner ? Aucune chance de se détendre ou de faire une sieste de cinq minutes ou un sommeil de chien. Se lever à nouveau pour deux cours le soir, soit pour la natation, l'équitation ou le tir. Buddy, cet extérieur est le plus difficile de tous.

La préparation n'est pas facile, mon pote. Pour chaque cours, vous devez vous draper dans des uniformes plus récents. Vous êtes toujours pressé de porter et d'enlever. La soirée est une énigme.

Vous êtes convoqué à un dîner officiel avec vos aînés. Mais vous êtes tellement émacié que le dîner, aussi somptueux soit-il, ne peut être savouré. Oho ! Le dîner est également rythmé par les conseils que vous prodiguent les seniors.

Cher(e) futur(e) agent(e) de l'IPS, vous êtes maintenant endormi(e), juste à 22 heures, parce que vous devez vous lever à 4h30 précises le lendemain matin.

Le suivant, le suivant, et le suivant ; la même routine. Oh, j'ai oublié de vous dire une chose.

Ils ne sont qu'un prologue à votre arrivée dramatique.

Permettez-moi de vous en faire part.

Dès votre arrivée, vous êtes ravi de rencontrer une nouvelle bande de camarades de classe venus de toute l'Inde, voire du Népal, du Bhoutan et des Maldives. Vous êtes informé des choses à faire et à ne pas faire. La journée est bien remplie, les professeurs vous accueillent et vous les accueillez par courtoisie. Le directeur de l'académie vous accueille, vous êtes ravi.

Vous voulez vous produire dans cette arène ? Attendez, il y a un rituel. Le coiffeur surgit de nulle part pour réduire vos cheveux et vos brûlures latérales. Le tailleur est prêt à prendre rapidement les mesures de votre uniforme. Pendant ce temps, l'heure du déjeuner approche. Après le déjeuner, vous devez lire un volumineux manuel sur les activités de plein air. Plans d'action pour les jours à venir. Je me souviens de cette soirée comme d'une soirée triste. J'ai dû subir une punition le premier jour. Des volées de questions m'ont été adressées, mais je n'ai pas pu lire le manuel aussi rapidement. Il y a eu la première menace : Tu te souviendras toujours de ce premier jour (avec la punition). Devinez ce que cela pourrait être : C'était une course de 5 kilomètres ! La douleur corporelle m'a accompagné pendant 5 jours.

Ainsi, pour moi, cette journée était spéciale et unique en son genre. Pourtant, je reconnais que l'entraînement m'a rendu physiquement et mentalement plus fort. En l'espace de 6 mois, mon mode de vie a totalement changé. Nous avons été protégés par nos parents. Il nous a donc été difficile de sortir du cocon de la sécurité. La formation rigoureuse a fait ressortir le "baboo" (fils caressé avec douceur) qui sommeille en moi. Cela m'a donné une force que je ne peux pas décrire dans ma langue. J'ai appris la camaraderie, l'esprit d'équipe, l'intégrité et la loyauté envers mon drapeau, mon pays. Ils ont fait de moi ce que je suis. Maintenant, je n'ai plus peur de l'escalade en téléphérique.

Avant de venir suivre la formation à l'Académie, j'avais fini de lire le journal d'un policier étranger. J'étais terriblement impressionnée. Voici l'autre côté du minuit. Je me souviens encore de certaines répliques. Les mots me rongent encore.

"Après 30 ans passés à monter et descendre d'une voiture et d'une moto de police, des bagarres, des accidents, des chutes et d'autres traumatismes corporels, j'ai le corps d'un octogénaire et je n'ai que 61 ans. Je souffre constamment d'une douleur ou d'une autre, ce qui affecte négativement ma qualité de vie. Plusieurs nuits par semaine, je fais des cauchemars qui doivent être liés aux choses que j'ai vues..."

Je suis juste d'accord avec ses "cauchemars". Après les journées d'essais et d'entraînement en plein air, nous étions morts comme la boue. Nous dormions en quelques secondes, dès que nous nous allongions sur le lit, le sommeil venait avec sa main glacée. La journée étant très chargée avec de nombreuses activités, la nuit n'était qu'un désert sans espoir, les couloirs de notre mess ressemblaient à un lieu hanté. Sombre, sombre, partout.

J'ai eu l'occasion d'interagir avec un S.P. lorsque j'étais dans une multinationale, mon premier poste. Il a été pris au dépourvu.

"Vous avez perdu la tête ? Vous êtes ingénieur, licencié en gestion, vous choisissez de mettre votre jambe dans la peau d'un policier ? Le nom est prestigieux - nous l'appelons IPS. Mais connaissez-vous les dangers de la formation ? Ce gentil garçon à l'allure sympathique sera un IPS ? Réfléchissez d'abord, regardez avant de sauter".

J'ai hoché la tête en signe d'approbation et j'ai demandé à bénéficier de ses connaissances et de son expérience. Il s'est calmé et a commencé à s'épancher.

"La vie devient très rapide une fois que l'on entre à l'OTA (Officers' Training Academy). Tu seras mis en cage afin de devenir fort physiquement et mentalement. Vos pensées civiles seront éliminées de votre esprit. Tout le monde soutiendra votre bonheur et vous commencerez bientôt à en profiter.

La session que prendra votre aîné fera naître la fraternité entre ses camarades de cours.

Vous vivrez la vie que vous avez toujours voulu être.

Votre corps et votre esprit essaieront d'abandonner un jour ou l'autre.

Votre personnalité se développera de manière globale.

Tu apprendras les jeux, la natation, l'équitation.

Vous apprendrez à vivre comme un roi tout en vous roulant dans la boue.

Vous ne saurez même pas quand les jours se termineront.

Les semaines passeront comme des jours. Vous devrez vous souvenir des mots suivants...

- ustaads" -
- exercice d'équipe
- exercice de l'épée
- foret à canne
- contrôle des émeutes
- tir
- course d'obstacles

Mais vous en tirerez de nombreux avantages :

Armes, MP5, AK, LMG et même mortiers - les stagiaires auront l'occasion de les utiliser et de s'entraîner.

Les agents sont emmenés dans diverses pièces jointes

armée, paramilitaire, NSG, avec la police du Pendjab

nombre de dîners officiels assis.

- Un marathon complet - 42 km (pour participer)

"La vie était calquée sur l'entraînement militaire de base, avec de nombreuses heures de cours en plus de l'entraînement physique.

Tout était très précis, jusqu'à la façon dont nous prenions des notes, le format de nos cahiers (qui étaient inspectés régulièrement), la façon dont nous faisions nos lits, nous avions une inspection quotidienne de tout - uniformes, chaussures, lits. L'entraînement physique était rigoureux, l'enseignement en classe rapide et approfondi. Nous devions apprendre vite, étudier le soir, nous avions recours à des groupes d'étude, les instructeurs nous écoutaient pendant que nous étions dans le quartier résidentiel grâce au système de sonorisation et la nourriture laissait beaucoup à désirer. Des conseillers étaient là pour nous aider à apprendre, nous faire avancer, nous donner accès à la bibliothèque pour des recherches plus approfondies, des études, etc. Même l'espacement de nos contours dans nos cahiers.

Mais ne soyez pas idéaliste dans votre formation ou votre action.

• Nous avions entendu parler d'un idéaliste, d'un commandant en second, d'un homme intelligent et d'un homme d'affaires.

présentable... a perdu la vie.

• Les stagiaires de l'IPS (peut-être le ministère de l'intérieur ne voulait-il pas d'IPS

Les stagiaires qui sont tués pendant la formation sont toujours en danger.

• Le commandant du CRPF a été tué dans une embuscade (c'est la

tragédie). Pour nous, l'attachement à l'armée et aux forces paramilitaires n'a représenté qu'une exposition de deux mois. Pour les soldats, la vie dans l'insurrection est une lutte quotidienne contre la fatigue, l'ennui et le danger permanent. Pour les civils, c'est un cauchemar permanent.

• Le SVPNPA est un campus extraordinaire. (Il m'a montré des photos).

Il s'agit de la porte principale. Une citation est inscrite sur le mur : "police sensibilisée, société responsabilisée", qui est la devise du service. Le portail est complètement à l'épreuve de la sécurité CISF.

Partie 2 - Nouveau complexe intérieur de l'Académie. Il dispose d'installations de badminton, de courts de squash, d'une salle de gymnastique et de tennis de table, ainsi que d'un espace d'aérobic.

Partie 4-5 - Il s'agit de la prestigieuse place d'armes où nous organisons des programmes le 26 janvier, le 15 août et d'autres occasions spéciales. C'est là que se déroule le défilé de remise des diplômes et que nous prêtons serment de servir la nation au mieux de nos capacités.

Partie 6 - Place Michaelangelo. Sous cette pierre, il y a une ligne qui dit :

"On a demandé à M., le sculpteur, comment il fabriquait les statuts et il a répondu qu'ils étaient là dans les pierres et qu'il se contentait de sculpter des policiers pour la nation.

Partie 7 - Piscines construites selon les normes internationales. Il abrite également le pavillon pour les programmes de rencontres aquatiques.

Partie 8 - L'une des pistes naturelles de l'académie. La nourriture est bonne/le petit-déjeuner est si somptueux et si nourrissant que l'on peut s'en contenter toute la journée. Le déjeuner est bon, le dîner aussi.

Vous avez 11 mois de formation en phase 1.

6 mois de formation dans un district de votre cadre.

La coutume voulait que l'on porte des vêtements neufs à Holi ou à Diwali.

Vous disposez d'installations de formation de pointe pour les agents de l'IPS, les seniors et les juniors.

Le S.P. s'est arrêté un moment, puis a demandé, plutôt indifférent, "supporterez-vous le P.T., le Gymnase, les courses de fond jusqu'à 20 kilomètres, l'athlétisme, les différents types de sports. Vous devez nager, faire des exercices, de l'équitation, des exercices de premiers secours et d'ambulance, de l'artisanat de campagne et de la tactique...".

Il était sceptique.

Il y a quelques jours, je l'ai rencontré après avoir terminé ma formation avec succès. Il m'a tapoté le dos. Il occupe désormais un poste plus élevé.

Ma camarade de classe Bidisha m'a regardé d'un air narquois : "Le pauvre fils d'un grand père, beau, séduisant - un tombeur au premier coup d'œil, comment vas-tu finir la course de 20 kilomètres ?".

"Ma Laïla, comment vas-tu enlever les pierres sur ton chemin, en disant simplement 'sésame' ? Tenez d'abord la course d'obstacles", ai-je rétorqué. Bidisha était une fille très souriante. Sa réponse était très intéressante : bachcho, vous pourriez écrire un "roman d'amour sain" ou comment écrire une scène de sexe qui tue".

Je n'ai pas manqué de mots. J'ai dit : "L'odeur de ton parfum, le doux parfum orangé de ton après-shampoing me donnent le vertige. Dois-je écrire le premier chapitre aujourd'hui, alors que les couloirs seront silencieux, que seul le doux murmure de tes pieds sera porté par le vent... Je sursauterais éveillé... ?

"Ha, Ha, Ha ! Stop, Man. Les Ustaads sont partout".

Souvent, lorsque je restais plongé en moi-même, elle s'approchait sur la pointe des pieds et murmurait : "Je suppose qu'il y a une blessure en toi, mon garçon, oublie-la. Pourquoi perds-tu ton temps à le lécher ? Oubliez les chapitres que vous avez laissés flotter au vent. Ils seront usés, pourriront et se réduiront en poudre."

Je suis restée silencieuse. Soudain, j'ai été creusée par la tristesse. J'ai poussé un profond soupir. Ma gorge s'épaissit. Pourquoi dit-elle cela ? Souffre-t-elle également de la maladie ? La conversation a été interrompue. Règles, discipline, règles. Pas de violation de la discipline. Il y avait eu des vendeurs de gouttes d'eau dans les parages. Vous risquez d'être pris au dépourvu et d'être puni.

Nous nous sommes rapprochés à deux reprises. C'étaient des moments privilégiés, que j'avais appréciés. Ce sont les moments où les sentiments sont partagés. La première occasion s'est présentée lorsque nous nous sommes rencontrés lors de notre tournée Bharat Darshan.

Il s'agissait d'un voyage de gala en plein air au cours duquel nous avons rencontré un grand nombre d'officiers de police de différents départements. Ce fut une immense joie et de vastes apprentissages. Nous avons échangé des idées, discuté de questions essentielles, de la diversité culturelle, de la cuisine locale. Pour la première fois au cours de notre période de formation, nous étions libres de circuler sur les marchés. Personne ne s'opposera à ce que vous exploriez les collines, les régions côtières, la vie sauvage et les réserves naturelles. Des tas de discussions en cours, d'émotions et de chagrins ont été mis en évidence. Nous étions si heureux. Heureux parce que.

J'ai eu la chance d'avoir une amie comme Bidisha à mes côtés. C'était plus heureux parce qu'on nous apprenait comment les choses fonctionnaient. La formation comprenait également une course effrénée d'un bureau à l'autre... apprentissage de la gestion du trafic, de la police de proximité, de la coordination avec le personnel forestier. L'Inde est un vaste pays où, de la plantation de thé à la pêche, une grande partie de la population est impliquée. Vous devez en faire partie.

De l'étonnement à l'émerveillement, de la beauté pure aux gloires mystérieuses du passé. Cela a contribué à faire de nous l'architecte de l'avenir. Garder le pays aussi merveilleux qu'il est et préserver sa souveraineté, telle était notre priorité d'apprentissage.

Ici, par une nuit de lune, Draupadi est venue à moi, comme si elle était en personne. La lune est basse dans le ciel. Il a inondé tout ce qui se trouvait sur la longueur ci-dessous. Je ne savais pas quand Bidisha s'était glissée dans mon camp sans que personne ne s'en aperçoive... J'étais absorbé par la rumination de mon passé avec Draupadi.

"Le monde s'est endormi dans le marbre blanc. On dirait qu'il est laiteux". J'ai dit doucement.

"L'air était frais et vif. Les arbres à proximité bruissaient joyeusement. J'étais sous le charme", a-t-elle ajouté.

"As-tu déjà vu l'arbre sur lequel tu as grimpé et pleuré pour mes mains, sous cet agréable clair de lune ?"

"Non. Nous ne l'avions pas fait." expose Draupadi en souriant.

"Attendez, je viendrai sous un ciel où les étoiles scintilleront comme des diamants." Draupadi éblouit la voûte céleste.

"Draupadi, est-ce la vérité ou l'illusion ? Draupadi, où es-tu ? J'étais fou, à ta recherche ! Draupadi, s'il te plaît, viens danser comme Chitrangada qui a envoûté tout le monde sur la scène. Draupadi, où es-tu ?"

"Je suis dans les airs, je descends de la lune à l'instant : tu attends là. Ne soyez pas méchant. Ne me mordez pas les lèvres pour qu'elles aient l'air d'être tachées de sang. Je vais planter un smoothy doux et frais sur tes lèvres... !"

"Ha, Ha, Hah !"

Bidisha éclate d'un grand rire étouffé.

Elle a commenté, comme si elle me piquait.

"Le troisième Pandava, qu'en est-il de ta Chitrangada, la Draupadi terrestre ?"

Je suis restée silencieuse.

"Hey, aap kya kho gayen (Hey, es-tu perdu ?)

"Mon visage est devenu plus blanc qu'avant. Je n'avais toujours rien à dire".

"Le Roméo, sous le mur ? Monter. Elle est sur le balcon."

"Barhuddar, (mon jeune garçon au cœur tendre) comment as-tu gardé ta Draupadi sous les gilets pare-balles ?

"Bidisha, regarde la lune qui obscurcit et éclaircit chaque feuille de l'arbre : c'est Draupadi.

"Garçon, oublie toutes ces divagations amoureuses. Être aussi dur qu'une noix qu'on ne peut pas casser. La réalité est dure".

"Bidisha, as-tu vu le palmier-dattier ?

"Oui, bien sûr".

"Le placage recouvre l'extérieur rugueux et grossier, mais l'intérieur est rempli d'un jus succulent et sain.

"Je n'ai rencontré que des gens rudes et grossiers. Le jus succulent est un rêve", a répondu Bidisha avec beaucoup de sarcasme. J'ai vu qu'elle ressentait une rage brûlante. A-t-elle été abandonnée par quelqu'un ? J'ai senti quelque chose, des douleurs ou des blessures dont elle se plaignait. Mais elle n'a jamais ouvert les portes de son cœur".

J'ai dit doucement : "Les mares, une fois asséchées, présentent une fracture boueuse en été, mais elles accueillent avec effusion les pluies et sourient aux restes de la sécheresse de la terre". J'ai dit : "Enlevez toutes les taches de vos années précédentes, nettoyez la rouille et soyez frais pour accueillir une vie plus fraîche. Mais tout au long de votre vie, il y a eu de l'affection, de l'amour, des soins et des bénédictions, n'êtes-vous pas d'accord ? Tout cela n'était pas que de la poussière, ils vous avaient donné l'or pour éblouir à l'avenir. Vous avez récolté les fruits de vos semences passées, tiré les leçons de vos échecs, appris à effacer vos chagrins et à retrouver le sourire. N'est-ce pas ?"

Bidisha est restée un moment sans réaction. Puis elle s'est levée de ses tombes. Elle sanglotait, mais je me suis souvenu de quelques vers de Jibananada Dash, mon poète préféré, après Tagore", ai-je dit, pour la ramener à la vie :

"Pas de poésie, s'il vous plaît. Je suis dégoûté." Bidisha semble ressentir une certaine mélancolie.

"Le printemps, les oiseaux qui gazouillent, la végétation qui pousse, les fleurs qui sourient divinement, tout cela vous dégoûte ? Je me suis empressé de demander.

Bidisha est restée assise, calme et posée. J'ai commencé à réciter le poème en traduction.

"Ses cheveux étaient comme des cheveux anciens.

nuit noire à Bidisha,

Son visage, l'artisanat de

Shravasti. Comme le barreur quand,

Son gouvernail brisé, loin sur la mer.

Mer à la dérive

Voir la terre verdoyante d'un

Cinnamon isle, just so

dans l'obscurité, je l'ai vue.

Elle a dit : "Où étais-tu depuis si longtemps ?"

Et leva ses yeux en forme de nid d'oiseau...

Bidisha a sauté comme pour atteindre les cieux et m'a demandé,

"Où étais-tu si longtemps ?" Puis elle se fondit dans l'obscurité.

J'étais assis, hébété, sous un ciel infini. J'ai demandé aux étoiles : "Qu'est-ce qu'elle veut dire ?" Les étoiles n'ont fait que scintiller. Le jour de la parade de sortie, Bidisha m'a adressé un éternel sourire, a plongé ses mains dans sa poche et m'a tendu un morceau de papier. Je l'ai lu plus tard.

Étrange ! C'était un poème d'Elizabeth Barett Browning ! Et ?

"Comment puis-je t'aimer ? J'en passe et des meilleures.

Je t'aime jusqu'à la profondeur, la largeur et la hauteur

Mon âme peut atteindre, quand elle se sent hors de vue

Pour les fins de l'être et la grâce idéale.

Je t'aime à la hauteur de chaque jour

Besoin de calme, au soleil et à la lumière des bougies

Je t'aime librement, comme les hommes s'efforcent de le faire ;

Je t'aime purement alors qu'ils se détournent de la louange.

Je t'aime avec la passion mise en œuvre

Dans mes anciens chagrins, et avec la foi de mon enfance.

Je t'aime d'un amour que je semblais avoir perdu

Avec mes saints perdus. Je t'aime d'un souffle,

Sourires, larmes, de toute ma vie ; et si Dieu le veut

Je t'aimerai encore mieux après la mort."

J'ai réalisé que la vie n'est pas un conte raconté par un idiot, mais qu'elle est remplie du lait de la bonté humaine.

Bidisha était une grande amie, je dis "grande" parce qu'elle est apparue comme une amie, une philosophe et un guide pendant ma période de formation. Lorsque j'ai été blessé lors des exercices d'équitation, elle m'a soigné, non pas simplement comme un co-batteur, mais comme un Homo-Sapien pleinement concerné.

C'est une étrange coïncidence que notre attachement à une force paramilitaire dans une région montagneuse infestée d'insurgés se soit fait dans le même groupe de personnel du CRPF sous un commandement du CRPF.

Nous nous sommes joints au commandement et avons ri à gorge déployée. Elle m'a posé la même question : "Où étais-tu depuis si longtemps ?" Je lui ai dit : "C'est une chance de vous rencontrer. Mais c'est une tâche ingrate qui peut vous coûter la vie".

Je ne peux pas me pardonner d'avoir dit la vérité.

Le commandant du camp nous a informés.

"Soyez prudents. Il n'est pas possible de monter dans une voiture et de se promener. Pour sortir du camp, il faut former un convoi d'au moins trois véhicules. À l'avant, on trouve généralement un gitan ouvert surmonté d'une mitrailleuse légère, suivi de la voiture dans laquelle se déplacent les officiers et, à l'arrière, un véhicule antimines équipé d'une mitrailleuse. En tout, au moins 15 à 20 soldats sont présents, même pour les plus petits mouvements."

"En cas de déplacement prévu d'un convoi, une équipe de soldats est envoyée à l'avance, tôt le matin, pour vérifier que la route est exempte d'engins explosifs improvisés. Ainsi, une dizaine d'hommes parcourent à pied toute la distance, se répartissant de part et d'autre de la route, à la recherche de fils électriques, de nouveaux creusements ou de toute autre chose suspecte. Leur vie est manifestement en danger. Ils peuvent également marcher 20 à 30 kilomètres sur un terrain vallonné. Comment peut-on parcourir une telle distance tout en restant attentif aux fils ou aux petites choses de ce genre ? En fin de compte, tout était entre les mains du Tout-Puissant (ou de la chance)".

(Tiré de l'expérience d'un officier. Nom non divulgué)

De retour à nous-mêmes, nous nous sommes regardés l'un l'autre. Ses plaisanteries n'ont pas cessé. Elle s'est adressée à moi : "Hé, Arjuna." Elle murmura : "Il s'agit simplement de brandir son épée en l'air. Mais vous êtes obligé de le faire".

J'ai rejoint son murmure : "Qui est l'ennemi ? Où est l'ennemi ? Il s'agit de nos propres citoyens, même s'il s'agit de citoyens malavisés ou mécontents. Vous voyez, nous chargeons contre le moulin à vent, comme Don Quichotte.

"Monsieur le penseur des sciences sociales, soyez prêt à suivre les ordres. Vous n'avez pas le droit de poser de questions. Vous êtes tout à fait loyal envers la nation. Vous avez été formé pour cela".

"OK. Mais le fait est que l'ennemi peut être partout et nulle part. Très risqué." "Comment cibler un ennemi fantomatique ?"

"La prise de risque est votre mantra. Vous devez être animés par elle".

"N'y a-t-il pas d'alternative à ce comptage de têtes ?"

"Sh h h ! Vous seriez impliqué dans une affaire de sédition. Vous êtes un officier compétent. Vous devez exercer vos compétences. La guerre est ouverte, continuez. Descendez autant que vous le pouvez."

Le jour que je ne peux pas oublier. C'était le moment le plus fatidique qui soit.

Nous faisions partie d'un groupe d'intervention nocturne dans un village vallonné éloigné, soupçonné d'avoir abrité un militant redouté dont la tête était chargée de cinq lakhs de roupies.

Nous avons commencé à 3 heures du matin. Il faisait nuit noire. Nous avons dû négocier des sentiers inégaux et caillouteux, quelque part aucun sentier (ne pouvait être tracé), quelque part une montée abrupte jusqu'à une altitude de trois mille mètres parsemée d'herbes épineuses et d'un labyrinthe de buissons. En réalité, nous avons pris un raccourci, sans qu'une once de bruit n'éveille les chiens errants, les chacals ou autres créatures nocturnes. Mais nous ne savions pas où nous mettions les pieds. Nous avons soigneusement évité les fossés. Nous étions complètement effrayés, mais nous avions le moral au beau fixe. Nous avons pris des ombres pour des hommes. Chaque ombre est un ennemi.

Nous avons parlé silencieusement à Dieu, mais Dieu était là pour nous présenter un nullah ou une petite rivière. Nous avons été obligés de patauger dans des eaux profondes jusqu'à la poitrine par une température de moins six degrés. Secoués, presque gelés, nous avons traversé la rivière et atteint l'autre rive, à la périphérie du village que nous recherchions. Il est difficile d'imaginer comment nous avons pataugé, avec notre lourd couvre-chef pare-balles ou "patka", une casquette cylindrique difficile à porter longtemps. Il s'agit d'une nuisance essentielle.

Nous ne savons pas quelle date ou quelle quinzaine c'était, mais nous avons été surpris par l'apparition soudaine de la lune qui nous a permis d'avoir une visibilité jusqu'à un kilomètre. Nous nous sommes hissés, avons poussé un profond soupir pendant un moment et avons enlevé nos couvre-chefs, gênés un instant par la lourdeur de la charge. Nous voulions détendre nos nuques et nos têtes lourdes. Blessés par la casquette, nous avons tenu nos fusils d'une main et de l'autre la "Patka" qui venait d'être couchée, et nous avons rampé. Bidisha était un officier très compétent, qui avait l'habitude de franchir de nombreux obstacles. Nous avons vu la tête nue de Bidisha, profondément noircie par une tresse de cheveux, si fière de ce qu'elle possédait, grimper. Elle est tombée sous un éclat de lune blanc comme neige et soudain, sans lui laisser la moindre chance de riposter, Bidisha a été touchée par une balle sur sa tête nue. Nous avons pris position derrière d'énormes pierres et nous avons mis l'attaquant à terre. Cela a mis en colère nos collègues soldats du CPRF. Ils se sont lancés à la poursuite d'un éventuel repaire ennemi, ont détruit 3/4 maisons à proximité, tuant des civils désarmés... et le reste n'est pas dit. Le reste a été un véritable chaos.

Bidisha a lutté pour sa vie à l'hôpital militaire. Le meilleur traitement a été ordonné. Le ministère de l'Intérieur, dans ses instructions diffusées par fil, a prévenu qu'il n'y avait pas de victimes parmi les stagiaires. Mais le sort en était jeté.

Bidisha a survécu pendant 4 jours. 4 jours de notre unité angoissée par la colère refoulée et la promesse (bien que silencieuse) de se venger. Nous étions très préoccupés par le sort de Bidisha, la camarade de lot pleine d'humour, intelligente, habile et toujours souriante, qui sombrait peu à peu dans un autre monde.

Le quatrième jour, elle m'a appelé. Elle voulait qu'il n'y en ait pas dans sa cabine.

Bidisha m'a regardé. La chaleur de sa peau semblait pénétrer dans mon cœur.

"Cher rêveur, cher Arjuna, où étais-tu ?

si longtemps ? Puis elle a posé ses lèvres sur un récital silencieux :

"Un objet de beauté est une joie éternelle.

Sa beauté s'accroît, elle ne sera jamais

Passer dans le néant ; et pourtant, nous continuons

Une tonnelle tranquille pour nous, et un sommeil

Plein de beaux rêves, de santé et de

respiration tranquille......

J'espère pouvoir écrire de nombreux vers,

Avant les marguerites, vermeilles et blanches,

Se cacher dans les herbes profondes, et avant que les abeilles

Hum sur les globes de couverture et les pois de senteur

Je dois être proche du milieu de mon histoire.

Qu'il n'y ait pas de saison hivernale, dénudée et rude,

Le voir à moitié achevé : mais que l'automne s'enhardisse

avec une teinte universelle d'or sobre,

Il ne s'agit que de moi quand j'en finis...

Cette Bidisha n'était pas au milieu, mais à la fin de son histoire. J'ai pleuré longtemps, je me suis souvenu de ses blagues en direct et de ses "jeux de mots" dans des phrases bien structurées. J'ai gardé son morceau de papier contenant les deux lignes de E.E. Cumings - L'amour est plus épais que l'oubli/plus mince que le souvenir...

Je suis maintenant affecté dans une région vallonnée, voyageant d'un endroit à l'autre. Toujours sur mes gardes, toujours en alerte, mon "cher" cœur est protégé par un lourd gilet métallique ; je suis entouré de soldats à l'allure sinistre - toujours debout, rongé par la paranoïa. J'ai environ cinq/six commissariats de police sous ma juridiction. Je suis le jeune surintendant adjoint de la police, joliment vêtu et rasé, qui porte un fardeau de douleur sous ses vêtements extérieurs. Les jours suivent. Les nuits appellent les aubes. Le printemps arrive et libère les arbres de la neige. Les oiseaux gazouillent. Les fleurs s'épanouissent. (En même temps, beaucoup de fleurs se fanent) Je suis un robot de routine.

Un matin, je me déplaçais sous la surveillance d'un convoi. À ma grande surprise ou hallucination, je ne sais pas, j'ai vu Draupadi pendant une fraction de seconde. Mon cœur battait la chamade sous le gilet. Pour des raisons de sécurité, je n'ai pas pu m'arrêter là. Des petites filles aux cheveux soigneusement tressés ont défilé devant mes yeux, puis se sont éclipsées derrière les bosquets.

Je n'ai ressenti qu'un profond désespoir.

Draupadi est passée. Bidisha est morte en me demandant : "Où étais-tu depuis si longtemps ?"

Et aujourd'hui, le fantôme de Bidisha ou de Draupadi ? Non, Bidisha était une bonne amie à moi. Je l'aimais bien, j'étais fasciné par elle. Mais l'amour ? Si elle avait été amoureuse, je n'avais aucune information à ce sujet. Je l'ai prise pour une fille intelligente, aguerrie, mais aussi expressive, flamboyante et courageuse.

Et Draupadi ?

Comment oublier cette jeune fille en herbe ? En la voyant, j'ai lu "Ratisanjibani", interdit de Jayadeva, au cours d'une nuit agressive,

"Dans la raie des cheveux

Au-dessus des yeux et des lèvres,

Dans la pente douce du ventre,

dans les mamelons, le nombril

Du côté doux des hanches,

Là où l'amour réside, au-dessus de la peau de ses mollets..."

S'agit-il seulement de la faim de la chair ? La chair est disponible ici, au bout de mes doigts. Mais Draupadi ne l'est pas.

Je ne pouvais pas dormir la nuit. À chaque instant, j'entendais ses pas ; je voyais son visage - brillant dans l'obscurité, ses dents séduisantes, d'une blancheur d'huître, dessinant un sourire étincelant... Mais comment se fait-il que Draupadi soit ici ?

Le lendemain matin, je me suis rendu dans le parc avec un convoi. J'ai opté pour l'achat de quelques marchandises pour les besoins quotidiens. Les jawans grognent mais ne protestent pas. Le commandant auquel j'étais rattaché me l'a permis d'un signe de tête. Mais seulement pendant une demi-heure.

Je suis entré dans une école, j'ai deviné qu'elle était dirigée par les missionnaires. Quelle belle ambiance ! La matinée m'a rappelé les jours de mon enfance. De belles filles s'amusent, batifolent, se disputent à demi-mot - qui aura les jouets en premier - et des centaines de lèvres s'accordent à la musique des comptines arithmétiques unies, des fragments de rimes - prononçant les mots et échouant... se faisant gronder parce qu'on a oublié d'apporter des bouteilles d'eau...

Et là, j'ai été stupéfait de voir Draupadi, une femme pleinement épanouie, belle et sûre d'elle ! La danseuse Chitrangada - mince, élégante et ses "mudras" attrayants.

Draupadi est abasourdie. L'air horrifié, elle s'est aussitôt précipitée à l'intérieur. Là, dans sa petite chambre, elle se tient debout, haletante.

J'ai demandé, comme un garçon stupide, "Draupadi" ?

Une dame âgée, probablement d'origine hybride - de père anglais et de mère autochtone - est sortie avec un regard curieux.

"Oui ? Tout ce que vous voulez, Monsieur ? Des interrogatoires ? C'est la demeure de Dieu. Ce sont les enfants de Dieu. Nous n'abritons aucun terroriste en fuite". (Elle jette un regard terrifié sur les jawans présents, un groupe mixte de policiers et de CRPF).

N'hésitez pas à venir à notre bureau Monsieur, "Vous êtes le bienvenu".

J'ai fait signe aux jawans de distribuer les chocos aux tout-petits. Dans la crainte d'une opération de recherche imminente, la cloche de l'école a sonné la fin de la journée de travail. Le vieux directeur, visiblement inquiet, demande poliment : "Êtes-vous venu ici pour une quelconque répression, monsieur ?" Sa voix s'est brisée, elle m'a jeté un rapide coup d'œil nerveux. Elle a vraiment ressenti un élan de panique.

Je lui ai demandé d'être cool.

"Je suis venu ici à la recherche d'une fille, un membre disparu de ma famille. Elle s'appelle Draupadi".

"Il n'y a pas de Draupadi ici. Vous avez peut-être eu un mauvais tuyau", dit-elle en haussant les épaules.

"J'en suis sûre à cent pour cent, ma vénérée maman. Il y a quelques minutes, je l'ai vue.

"Oh, mon Dieu ! Blessd be that gal. Elle s'appelle Maria. Elle fait partie du corps enseignant. Consciencieuse, honnête et magnifiquement courtoise. C'est Maria, soyez-en sûrs."

J'ai souri. Mon sourire a un peu agité la dame.

"Pouvez-vous l'appeler au bureau ? Où vit-elle ?"

"Elle vit ici. Elle prend soin de moi. Une diplômée, d'une agilité et d'un dévouement remarquables dans son travail. Mais elle est toujours triste, sauf quand elle est avec les enfants. Maria-a-a-(elle l'appelle)

Sa faible voix ne fait que résonner faiblement. Maria n'apparaît pas.

"Oh, elle est peut-être aux toilettes. Je vous demande pardon."

"Je peux venir un autre jour ? Pas avec ce convoi ?"

"Que dois-je dire ? C'est votre ordre, je dois obéir."

Mon esprit était absorbé. Autant de questions qui se bousculent les unes les autres. Comment Draupadi a-t-elle pu arriver jusqu'ici ?

Le lendemain matin, je suis parti à l'aventure. J'ai convaincu mon commandant que j'avais senti quelque chose de louche dans le fonctionnement de l'école. Je me suis aventurée sans uniforme pour ne pas créer de panique. Mes forces se trouvaient également dans les ruelles, les bye-lanes et les mahallas avoisinants. Je suis entrée dans les locaux de l'école en tenant les mains d'une petite fille que j'ai réussi à avoir avec moi. Le prétexte était le suivant : J'étais venu à l'école pour la faire admettre.

La Principale m'accueillit avec un visage froncé, comme si, par quelques coups de couteaux, ses petits yeux brillants s'enfonçaient, ses mouvements, ralentissaient.

Je lui ai lancé un regard courtois, j'ai demandé la permission de m'asseoir, j'ai fait asseoir ma petite fille près de moi et j'ai commencé mon interrogatoire (même si ce n'était pas du tout un interrogatoire).

"Je peux être excusé. Il est de mon devoir d'interroger la fille, par quel nom l'avez-vous appelée ? Maria ? Ok, appelez-la s'il vous plaît. Je n'aime pas utiliser la force inutilement". J'ai regardé le visage de la dame en espérant qu'elle sera effrayée de voir Maria se présenter devant moi.

Mais elle n'a pas buzzé. Au lieu de cela, elle est restée assise à marmonner. Que Dieu la sauve. Ce n'est pas une criminelle, ni même une extrémiste, c'est une fille pure. Aucun péché ne l'a touchée. Amen !

"D'accord, demande-lui de venir avant moi. Elle doit faire face à l'inquisition".

"Je crois qu'elle est innocente, elle ne peut pas commettre de crime..."

"Mais voir n'est pas croire. Nous devons nous pencher sur la question. Comment et d'où elle est venue. Les jours sont conspirateurs".

"Personne ne sait quelle agence travaille ici. Qui est après qui ?"

"Ne pouvez-vous pas épargner l'institution de mes petits anges ?"

"Nous ne portons atteinte à aucun établissement d'enseignement. Rassurez-vous".

Le directeur a demandé à un serviteur d'appeler Maria dans son bureau.

Maria rentre précipitamment de son cours.

Elle avait l'air cool maintenant. Mais le sens de son regard ne pouvait être lu que par moi.

"Veuillez vous asseoir."

"Ma classe n'a pas de professeur.

"Laissez les autres le remplir".

"A quoi je sers ici ?"

"Laissez-moi d'abord vous demander : qui êtes-vous, comment et pourquoi êtes-vous ici ?"

Maria (Draupadi) regardait de ses yeux vides, sans pitié, fatiguée. "Ok, quel contraste avec ses yeux exquis !"

"Tu te souviens de moi, Draupadi ? Te souviens-tu de la nuit noire et de nous, sous les ombres des apparitions, moi grimpant sur un arbre énorme, toi m'implorant de redescendre, pleurant à chaudes larmes, Draupadi ?"

"Je m'appelle Maria. Pas Draupadi. Je n'ai aucun souvenir."

"Ne tergiverse pas, Draupadi. Tu te trompes toi-même".

La vieille dame intervient : "C'est Maria, une chrétienne Gal. Elle ne peut pas être Draupadi, Monsieur."

"Respectée Madame, vous savez peut-être qu'il y a plus de choses au ciel et sur terre, Horatio, que ce dont rêve notre philosophie." Nous ne savons pas que nous ne savons pas. Pourriez-vous la laisser seule lors de cet entretien ?"

(La dame se retire à contrecœur)

Je jette un coup d'œil à Draupadi. Son regard bienveillant apaise mes nerfs excités. Je l'avoue, je me suis sentie déconcertée juste avant.

J'ai prononcé doucement son nom : "Draupadi".

Elle avait l'air humble. Elle tenait ses yeux de manière à garder ses larmes à l'intérieur des paupières.

"Pourquoi ne me reconnaissez-vous pas ? Qu'est-ce qui t'empêche de déclarer que je suis ton mari, que je suis ton Nirban ?"

"Draupadi est morte. Je suis Maria, une chrétienne, pas une hindoue".

"OK. Mais dis-moi quelle est l'histoire de ta foi chrétienne ?"

"Cela apportera-t-il des changements ? J'ai consacré ma vie au Christ. Pardonnez-moi. Oubliez Draupadi".

"Je n'ai pas encore reçu ma réponse. Quelle est l'histoire de ce projet ? Tout d'abord, avoue que tu es ma femme, Draupadi."

"Elle l'a été, autrefois. J'ai oublié cette époque".

"Seulement en l'espace de six ans ? Le souvenir est-il si fragile ?"

"Demande-toi où tu étais quand ton père brahmane m'a vendue à ce débauché notoire qu'est Tribhuban. C'est un fervent Brarhman, n'est-ce pas ?" Elle s'est retournée brusquement.

"Je suis ici, posté devant vous. Il suffit d'écouter. J'étais dans mon institut et je préparais mon examen final en études de gestion. J'ai essayé désespérément de vous appeler, de recevoir un appel de votre part, mais personne ne m'a appelé ou n'a reçu mon appel. Je me suis empressée de rentrer chez moi, mais je me suis retrouvée dans un monde sans repères. Personne n'a divulgué le secret. Personne n'a ouvert la bouche. Je sais avec certitude que ce n'est autre que mon père qui a rédigé le plan. Je suis allé ici et là, j'ai visité votre maison, le commissariat de police, j'ai rencontré tous mes amis et mes parents. Oh, mon Dieu ! Il n'y avait aucun indice, aucun signe de Draupadi. Ses parents ont disparu. Le salon de son père a été mis à sac. Les gens disaient que le salon était un dépôt d'armes dirigé par ton père !"

Je suis devenu excessivement émotif.

"Vous avez donc cru à toutes ces accusations sans fondement ? N'as-tu pas pensé un instant que tout avait été concocté, que les gens qui entouraient ton puissant père étaient tous achetés par l'argent, que le lien entre toi et moi n'aurait pas pu être brisé tant que la solide colonne vertébrale de mon père n'aurait pas été brisée ? Ils l'ont cassé. Mon père est mort en prison. Un innocent condamné à la peine de mort. D'ailleurs, vous êtes plus beau avec votre uniforme, plus beau encore sans votre uniforme".

J'ai découvert qu'elle me vouait une admiration mitigée. Les éloges à mon égard ont fait palpiter mon cœur. J'étais au-delà de moi-même.

"D'un ingénieur, d'un gestionnaire à un officier de l'IPS ? Le voyage est intéressant. Qudos à votre ambition :"

"Draupadi ?

"Maria. Je déteste tout nom provenant des brahmanes".

"Qu'est-ce qu'un nom ? Vous me connaissez ? Je n'étais certainement pas ce Brahman assoiffé de castes ? C'est le cas ?"

Le silence. Le tic-tac du temps me pesait. Soudain, Draupadi se lève. Une colère impuissante couvait en elle. Elle m'a lancé un regard interrogateur.

"Pourquoi êtes-vous venu ici ?"

"Je suis venu reprendre ma femme."

"Ce n'est pas possible. Son nom est enregistré au poste de police en tant que criminelle. Il y a une affaire contre mon nom, toujours en cours".

"Affaire ? ai-je demandé avec avidité".

"Tentative de meurtre".

J'ai été curieusement pris de panique.

"Quoi ?" Je ne peux pas vous imaginer en meurtrier. Dites-moi ce qui s'est passé. Le ferez-vous ?"

"J'ai été vendue à Tribhuban, qui, je ne le savais pas, était une trafiquante de femmes. Ma mère et moi avons eu les yeux bandés et avons été jetées dans un camion pour être exportées vers une ferme située quelque part à proximité d'une zone forestière. Tribhuban, après ses entretiens avec les contacts, nous a poussés tous les deux dans une pièce. Ce fut le jour maudit de ma vie. Fatigués comme des chiens, les mains et les jambes liées par des chaînes, nous avons attendu l'aube. Il est minuit. La Hayeena est arrivée ivre et s'est jetée sur moi. Ma mère a tendu les jambes, roulé sur le sol pour résister, mais elle a été sévèrement battue. Je ne savais pas quoi faire. Soudain, sous l'impulsion du moment, quelqu'un en moi a murmuré "fais quelque chose".

Elle haletait maintenant. Je lui ai passé une bouteille d'eau. Elle a bu avec un gargouillis.

"Alors ?"

"L'animal était nu. Il est venu me pénétrer et à ce moment-là, j'ai sorti mon petit couteau de ma ceinture et j'ai coupé son organe mâle en morceaux. Avant l'aube, nous nous sommes échappés, même si nous ne savions pas où aller".

"Nous avons couru, couru et couru, et, montant à bord d'une camionnette de pêcheur, nous nous sommes rendus à la gare. Sans réfléchir aux avantages et aux inconvénients, nous sommes montés à bord d'un train sans billet, nous avons échappé aux yeux du TT et, après deux jours, nous avons atteint la dernière gare. Nous sommes descendus, juste le fantôme d'entre nous !"

"Oh mon Dieu !"

La dame de l'école est intervenue.

"Le reste est entre mes mains. Cher garçon, j'ai tout entendu depuis ma chambre. C'est par hasard que j'ai vu, avec mon mari, aujourd'hui décédé, la mère infortunée et cette fille, au teint clair, aux yeux éblouissants et à la personnalité qui attire facilement l'attention, drapée comme une miséreuse, une prolétaire en détresse, entourée par les rabatteurs, la police et les chèques de transport. Mon Seigneur Jésus a dit à mes oreilles : "En toutes choses, je t'ai montré qu'en travaillant dur de cette manière, nous devons aider les faibles et nous rappeler les paroles du Seigneur Jésus, comment il a lui-même dit "il y a plus de bonheur à donner qu'à recevoir". Je me souviens de ma prière : "Soyez bons les uns envers les autres, tendres, vous pardonnant les uns aux autres, comme Dieu vous a pardonné dans le Christ".

J'avais la tête baissée de respect. Nous les avons emmenés dans notre pauvre cottage. Il a donné un emploi à la mère. La fille a été correctement éduquée. Elle a dit qu'elle n'avait pas de famille, pas de parents, personne dont elle pouvait s'occuper. Elle s'ennuyait dans la vie et voulait renoncer au monde en devenant religieuse. Mais j'ai résisté.

Draupadi se tenait alors devant moi en tendant les mains". Arrêtez-moi, je suis un criminel, un pécheur. La dame a dit calmement :

"surtout, continuez à vous aimer sincèrement les uns les autres, car l'amour couvre une multitude de péchés".

J'ai sorti un dossier contenant mon acte de mariage et quelques photos. Les documents sont conservés en ordre.

La dame a examiné minutieusement et a gardé le silence. Draupadi se mit à prier Dieu : "Bénissez-moi, mon père, car j'ai péché. Cela fait… depuis ma dernière confession."

Je romps le silence.

"Il y a plus de péchés que de péchés".

Je n'avais pas remarqué, ma pauvre belle-mère était sortie pour assister à la confession. J'ai dit : "Laissez-moi m'occuper des questions juridiques." Draupadi dit à nouveau : "Viens, arrête-moi. Que la justice soit dans la lumière. Où voulez-vous m'envoyer, dans quelle prison ?" Elle pleurait à gros sanglots.

Mon cœur s'est mis à battre la chamade. J'ai récité doucement :

Les justes crient, et le Seigneur les entend ; il les délivre de toutes leurs détresses. Le Seigneur est proche de ceux qui ont le cœur brisé, et il sauve ceux qui sont écrasés". (Psaume 34, 17-18)

"La vieille dame lui demande calmement : "Veux-tu la ramener à la maison, mon garçon ?

"Si vous me le permettez."

Elle est restée silencieuse un moment. Puis elle dit doucement : "Bénie soit la fille". Un moment de silence.

Elle s'est écriée. "Qui s'occupera de ces créatures âgées et infirmes ? Seigneur, sois avec nous.

J'ai pris ses bras frêles, j'ai embrassé sa paume et j'ai dit : "Elle reviendra dans ton école. Rassurez-vous".

J'ai levé les yeux vers Draupadi. Elle a pleuré dans un doux murmure et a dit : "Bénis ma Sainte Mère, pour vivre toujours avec ta bénédiction".

Post Script

De retour à la maison après sept ans, j'ai vu, avec Draupadi, ma mère en pleurs tendre ses faibles mains vers moi. Mon père repenti s'est avancé vers moi avec un regard plein d'attente. J'ai vu une grande douleur lui serrer le cœur. Il a pleuré des larmes amères. Il a dit, pour la première fois, "bienvenue à la maison, bouma". Puis il s'est confessé : Pardonnez-moi, mon Seigneur. C'est moi le pécheur".

Les portes de la maison sont grandes ouvertes. Les fenêtres, longtemps fermées, ont été ouvertes pour laisser entrer l'air frais. Les oiseaux sont venus avec leurs mélodies. Une longue lignée d'"eyos" (femmes mariées) a créé une symphonie d'"ulu". Les conques soufflaient la joie divine. Nous avons apporté la lumière des bougies, la croix et la flûte du Seigneur Krishna. J'entendais le baul chanter à haute voix :

"Sabloke koy Lalan ki jaat sangsare,

Lalan bale jatir ki rup, dekhlam na ei najare".

(Les gens demandent à haute voix : "A quelle caste appartient Lalan ? dit Lalan avec un sourire inquisiteur : Malgré toutes mes recherches, je n'ai pas réussi à comprendre ce qu'est l'image de la caste).

A propos de l'auteur

Biren Sasmal

Biren Sasmal, un auteur de nouvelles bien connu, qui compte à son actif quelque 250 nouvelles en bengali et plusieurs fictions, est originaire de Kolkata, au Bengale occidental, en Inde. Il écrit en anglais et en bengali. Récemment, une anthologie de 43 nouvelles, "Galpasangraha", a été publiée par un éditeur de renom. En tant qu'auteur de fiction, il s'est également forgé une réputation. Sa fiction JALKAR (une taxe à payer à la nature agressée par l'humanité) a été récompensée par le prix de l'auteur de l'année décerné par la maison d'édition Ukiyoto, au Canada, aux Philippines et en Inde. Sa récente anthologie de nouvelles "GALPASANGRAHA" a également été récompensée comme AUTEUR DE L'ANNÉE 2024 par un éditeur international de renom, "UKIYOTO PUBLISHING". Cette anthologie a également remporté plusieurs autres prix. En tant que journaliste, il a publié un certain nombre d'articles dans des quotidiens de premier plan, tant en anglais qu'en bengali. Il travaille actuellement sur une fiction basée sur la recherche, "KOULINYA", et sur une fiction en anglais sur l'énigme du Cachemire : "As Quiet Wails the Jhelum". Il est originaire de Khardah, une ville adjacente à KOLKATA, WEST BENGAL, INDE.

www.ingramcontent.com/pod-product-compliance
Lightning Source LLC
LaVergne TN
LVHW041853070526
838199LV00045BB/1584